FADE

DESVANECER

Livro 2

LISA McMANN

FADE

DESVANECER

Livro 2

novo século®

São Paulo 2010

PRODUÇÃO EDITORIAL	Equipe Novo Século
COMPOSIÇÃO DE CAPA	Equipe Novo Século
PROJETO GRÁFICO	Equipe Novo Século
DIAGRAMAÇÃO	Diego Cortez
PREPARAÇÃO	Catia Almeida
REVISÃO	Patrícia Murari
	Larissa Wostog Ono

Dados Internacionais de Catalogação na Publicação (CIP)
(Câmara Brasileira do Livro, SP, Brasil)

McMann, Lisa
Fade : desvanecer : livro 2 / Lisa McMann ; [tradução Ana Death].
-- Osasco, SP : Novo Século Editora, 2010. -- (Coleção trilogia wake)

Título original: Fade.
1. Ficção - Literatura juvenil I. Título.
II. Série.

10-08442 CDD-028.5

Índices para catálogo sistemático:

1. Ficção : Literatura juvenil 028.5

2010
IMPRESSO NO BRASIL
PRINTED IN BRAZIL
DIREITOS CEDIDOS PARA ESTA EDIÇÃO À
NOVO SÉCULO EDITORA.
Rua Aurora Soares Barbosa, 405 – 2° andar
CEP 06023-010 – Osasco – SP
Tel.: (11) 3699-7107 – Fax: (11) 3699-7323
www.novoseculo.com.br
atendimento@novoseculo.com.br

Para Matt, Kilian e Kennedy

UM NOVO ANO

1º de janeiro de 2006, 1h31

Janie atravessa correndo os quintais de duas ruas repletas de neve e se esgueira, sem fazer barulho, pela porta da frente de sua casa.

E então.

Tudo fica preto.

Ela põe as mãos na cabeça, amaldiçoando sua mãe baixinho, enquanto um caleidoscópio de cores rodopiantes se forma e a deixa sem equilíbrio. Ela bate violentamente na parede e encontra forças para se manter em pé e, logo em seguida, começa a se abaixar até o chão, sem nada enxergar, enquanto seus dedos adormecem. A última coisa de que precisa é abrir uma enorme rachadura na cabeça. De novo.

Está muito cansada para lutar com isso agora. Cansada demais para sair dessa. Ela se ajeita com a bochecha colada ao piso frio. Reúne forças para conseguir se livrar disso depois, caso o sonho não acabe rápido.

Respira.

Observa.

1h32

É o mesmo velho sonho que a mãe de Janie sempre tem. Aquele em que é muito mais jovem, muito mais feliz, no qual está voando por um túnel psicodélico de luzes coloridas que piscam e giram, de mãos dadas com o hippie com cara de Jesus Cristo. Os óculos de sol que usa refletem as faixas estonteantes, dificultando ainda mais que Janie consiga pôr um fim à vertigem.

Esse sonho sempre faz com que ela tenha vontade de vomitar.

Por falar nisso, o que a idiota da sua mãe faz dormindo na sala de estar?

Mas Janie está curiosa. Tenta se concentrar. Espreita o homem no sonho enquanto flutua sobre o par distraído. A mãe de Janie poderia vê-la, era só olhar. Mas ela nunca faz isso.

O homem não pode vê-la, é claro. Não é o sonho dele. Janie gostaria de poder tirar os óculos de sol dele. Ela quer ver seu rosto. Imagina se os olhos do homem são castanhos como os dela. Porém, Janie nunca consegue fixar sua atenção em um local por muito tempo, com todas as cores rodopiantes.

O sonho muda abruptamente.

Vira um sonho amargurado.

O hippie desaparece, e a mãe de Janie está em pé, parada, em uma fila de pessoas que parece ter quilômetros de tão longa. Os ombros dela estão curvados para a frente, em sinal de exaustão, como as finas páginas de um livro que já foi lido várias vezes.

O rosto dela está carrancudo, imóvel. A expressão da raiva.

Ela está segurando...

embalando...

um bebê com o rosto vermelho, que grita.

Isso de novo não. Janie não quer ver mais nada... ela odeia essa parte. Odeia! Faz um tremendo esforço e se concentra. Muito. Geme por dentro. E consegue arrancar-se de dentro do sonho da mãe.

Exausta.

1h51

A visão de Janie volta lentamente. Ela treme, suando frio e flexionando os dedos, que doem, feliz porque parece que nunca é sugada de volta para um sonho do qual conseguiu se livrar. Pelo menos até agora.

Esforça-se para ficar em pé, enquanto sua mãe ronca no sofá, e caminha, tremendo, até o banheiro, sentindo o estômago do avesso. Tenta vomitar e acaba conseguindo, depois tenta, meio apática, escovar os dentes. Ao entrar em seu quarto, Janie fecha a porta com força e firmeza.

Cai na cama como uma massa inerte.

Depois da experiência difícil do mês passado, com o lance da *blitz* das drogas, Janie sabe que tem de reunir suas forças ou os sonhos vão dominar sua vida de novo.

Naquela noite, Janie tem seus próprios sonhos malditos com oceanos revoltos, furacões e coletes salva-vidas, que afundam como se fossem pedras.

11h44

Janie acorda com os raios do sol entrando em seu quarto. Está faminta e sonhando agora com comida. Sentindo o cheiro da comida.

– Cabe? – murmura, com os olhos fechados.

– Hei. Fui entrando – ele se senta ao lado dela na cama, afastando com os dedos os cabelos enrolados que ela tinha no rosto. – Noite difícil, Hannagan? Ou ainda está se recuperando?

– Arf! – ela vira para o lado. Vê o prato com os ovos e a torrada, quentinhos, soltando até vapor. Abre um sorriso tão grande quanto o oceano e vai para cima da comida com tudo. – Você... é o melhor namorado secreto no mundo!

TAREFAS E SEGREDOS

2 de janeiro de 2006, 11h54

É o último dia das férias de inverno.

Janie e Cabel estão sentados no quarto extra da casa de Cabel – a sala do computador –, dando uma olhada no site da escola para ver as notas das provas do primeiro semestre.

É bom Cabel ter dois laptops. Ou poderia haver uma tremenda briga quando as notas fossem divulgadas no site, ao meio-dia. Mas a quem eles querem enganar? Poderiam rolar no chão e engalfinhar-se, mesmo assim.

Janie está nervosa.

Ela entregou uma folha de prova de matemática em branco, depois da *blitz* para apreensão de drogas, há poucas semanas. Tinha uma boa desculpa... afinal, ainda havia sangue em sua blusa de moletom. E o professor deu a ela uma segunda chance. O péssimo é que essa nova chance foi no dia seguinte a uma noite difícil, pulando de sonho em sonho, no baile-maratona de caridade para coletar fundos na Fieldridge High. Também foi ruim demais; era como estar numa prisão. Sem ter como fugir.

Janie e Cabe poderiam ter pulado toda a parte da dança, se pudessem, mas nem dava. Estavam a serviço.

Disfarçados.

Ordens da Capitã.

– Estamos atrás de qualquer um que sonhe com professores, Janie – a Capitã disse. – Ou quaisquer professores que estejam sonhando com alunos.

Janie achou aquilo estranho e ficou intrigada.

– Algo específico? – perguntou.

– Não no momento – disse a Capitã. – Depois do Ano-Novo vou lhe passar mais detalhes, quando tivermos colocado as coisas em ordem. Por ora, só faça anotações sobre tudo relacionado a professor/aluno.

Para Janie, o problema não é ficar acordada a noite inteira. Ficar saltando de um sonho para outro é o que lhe consome. E, depois de passar seis horas em seu esconderijo debaixo da arquibancada dos torcedores, presa nos sonhos de outras pessoas, estava totalmente esgotada.

É claro que Cabel também estava no baile-maratona, entregando furtivamente para Janie leite e barrinhas de proteína (que ela acabou comendo, em vez dos Snickers, com relutância), mas eram sonhos férteis, para dizer o mínimo.

Péssimo não ter captado nada importante. Nada relacionado a professor/aluno. Apenas coisas entre alunos, para a decepção de Janie.

E quando Luke Drake, o astro receptor do time de futebol americano da Fieldridge, chegou totalmente chapado naquele baile-

-prisão e caiu no sono nas esteiras de ginástica, Janie gritou *Chega*!

– Cabe – disse ela, ofegante, entre um sonho e outro –, acorde aquele infeliz e não o deixe dormir de novo. Não, não aguento aquilo!

Luke tem uma tendência a sonhar com ele mesmo, e é fato que fica um pouco ultraconfiante quando está pelado. Cabel já viu Luke nos chuveiros da escola, depois da aula de educação física.

– Ele realmente está exagerando em seus sonhos – diz Cabel, quando ouve a descrição feita por Janie.

Cabe pode ou não ter tido mais sucesso em sua empreitada desta noite. Ele é um formador de relações, então, leva mais tempo para ver o resultado de seu trabalho. Ele estabelece relações, cria confiança e tem a excepcional habilidade de fazer com que as pessoas admitam as coisas mais incríveis quando está na escuta. E Janie faz o papel do "Jogo Limpo". Pelo menos, foi como as coisas rolaram bonito da primeira vez.

Nem é preciso dizer que Janie não tirou nota máxima na segunda prova de matemática. E hoje, o último dia antes de começar o segundo semestre na Fieldridge High, Janie está estressada por causa de suas notas.

E não precisa ficar.

Ela tem uma tremenda bolsa de estudos.

Mas ela é assim, engraçada.

Exatamente ao meio-dia, de acordo com o documento enviado pelo *scanner* da polícia a Cabel, eles fazem o login em seus respectivos computadores e escaneiam suas páginas.

Janie suspira. Sob diferentes circunstâncias, teria sido um "A". Matemática é a matéria em que ela se sai melhor. O que torna tudo pior.

Cabel está sensibilizado com a situação dela. Nem expressa reação diante de seu boletim repleto de "A" do início ao fim. Sente-se responsável pela primeira queda livre de Janie, de cara no chão, na delegacia, o que a fez ficar no hospital durante a semana de provas.

Fecham simultaneamente seus laptops.

Não que sejam competitivos.

Nem são.

Ok, eles são, sim.

Cabel dá uma espiada de lado em Janie.

Ela desvia o olhar.

Ele muda de assunto.

– Hora de ver a Capitã – diz.

Janie dá uma olhada no relógio e assente com a cabeça.

– Vejo você lá.

Janie sai furtivamente da casa de Cabel e atravessa correndo os quintais de duas pequenas ruas residenciais, até chegar a sua casa. Janie olha para os lados, já dentro de casa, e não vê ninguém, então dá uma espiada no quarto da mãe. Ela está lá, desmaiada, mas viva, com as garrafas espalhadas, como de costume. Ela não está sonhando, ainda bem. Janie fecha a porta com suavidade, apanha as chaves de seu carro e dirige-se para fora, no frio, para ligar o motor de Ethel.

Ethel é o Nova 1977 de Janie. Ela comprou o carro de Stu Gardner, que está saindo com sua melhor amiga, Carrie Brandt, há dois anos. Stu é mecânico. Ele cuidou de Ethel como se fosse um bebê desde os 13 anos, e Janie respeita a tradição. O carro ruge quando liga. Janie dá uns tapinhas no painel, mostrando sua apreciação. Ethel emite um barulhinho suave agora, quase como um sussurro.

Cabel e Janie chegam separados à delegacia. Estacionam em locais diferentes. Entram no prédio por diferentes portas. E não se encontram de novo até que Janie chega à porta do escritório da Capitã. É importante que ninguém os veja juntos até que o caso das drogas com o pai de Shay Wilder esteja encerrado. De outra forma, seus deveres nesta nova tarefa poderiam ficar comprometidos.

Isso é por causa do trabalho disfarçado de Janie e Cabel como agentes da Narcóticos na Fieldridge High School. Janie está descobrindo que há muita coisa esquisita rolando em sua escola. Mais do que ela poderia ter imaginado algum dia.

Cabel já está lá sentado com a Capitã, quando Janie entra na sala. Ele oferece xícaras de café para as duas. Mexe o café de Janie, depois de tê-lo preparado exatamente do jeito que ela gosta: três porções de creme e três de açúcar.

Ela precisa das calorias.

Por causa de todos os sonhos.

Está finalmente parecendo menos pele e osso, recuperando-se depois do último grande evento.

Antes que mandem, Janie senta.

– É bom vê-la, Hannagan. Você está com uma aparência bem melhor do que da última vez que a vi – comenta a Capitã, com uma voz rouca.

– Também fico feliz de vê-la novamente, senhor – diz Janie à Capitã Fran Komisky. – Posso dizer que a senhora também não está nada mal – fala, ocultando um sorriso.

A Capitã ergue uma sobrancelha.

– Vocês dois vão me irritar hoje, já estou prevendo isso – diz ela. Passa os dedos rapidamente por seus cabelos de tom castanho-acobreado e ajusta sua saia. – Algo a reportar, Strumheller?

– Na verdade não, senhor – Cabel responde. – Só as mesmas conversinhas de sempre. Fazendo as rondas. Tentando saber melhor como agem alguns professores e alunos fora da sala de aula.

A Capitã volta-se para Janie:

– Alguma coisa nos sonhos, Hannagan?

– Nada de útil – responde Janie. Ela sente-se mal.

A Capitã faz um aceno com a cabeça.

– Como eu esperava. Esse vai ser um caso difícil.

– Senhor, se eu puder fazer uma pergunta... – Janie começa a dizer.

– Você quer saber o que está acontecendo.

A Capitã se levanta abruptamente, fecha a porta do escritório e volta para sua mesa, com um olhar sério no rosto.

– No último mês de março, nosso programa escolar Delatores Anônimos de Crimes recebeu um telefonema pela linha direta da Fieldridge High School. Você já ouviu falar desse programa, não? Todas as escolas da área participam dele. Cada uma tem sua linha direta, para que a equipe que cuida das atividades dos delatores de crimes saiba de qual escola vem cada reclamação.

Cabel faz um sinal afirmativo com a cabeça.

– Os alunos podem receber uma recompensa – cinquenta paus, acho –, se relatarem um crime diretamente relacionado às escolas. Foi assim que recebemos a dica das festas com drogas no Hill, Janers.

Janie faz um sinal afirmativo com a cabeça. Ela também tinha ouvido falar disso. Tem o ímã com o telefone do disque denúncia na sua geladeira, como todo mundo na Fieldridge.

– Hei, cinquenta paus é uma graninha! É um programa inteligente!

A Capitã continua:

– De qualquer forma, quem ligou não disse muita coisa. O som da ligação estava muito longe... como se a pessoa não tivesse colocado o fone perto da boca. O telefonema durou uns cinco segundos antes de a pessoa desligar. Aqui está o registro dele. Agora me digam o que conseguem ouvir.

A Capitã pressionou um botão em uma máquina atrás dela. Cabel e Janie fazem um tremendo esforço para decifrar as palavras enroladas. A voz soa bem distante e há uma música tocando ao fundo.

Janie franze a testa e inclina-se para a frente. Cabel balança a cabeça, confuso.

– Poderia tocar de novo?

– Farei isso mais algumas vezes. Concentrem-se no barulho de fundo também. Há outras pessoas falando ao longe.

A Capitã toca a curta mensagem várias vezes. Aumenta e diminui a velocidade da gravação, depois, reduz o barulho de fundo. Por fim, reduz o som da voz de quem ligou até que só reste o barulho de fundo.

– Algum de vocês conseguiu entender alguma coisa? – pergunta a Capitã.

– Está impossível entender uma única palavra do que a pessoa está falando – diz Cabel. – Ninguém está gritando, parecendo preocupado. Ouvi risadas ao fundo. A música parece que é *Mos Def.* Janie?

– Ouvi a voz de um carinha no fundo dizendo "Senhor" alguma coisa.

A Capitã faz um novo sinal afirmativo com a cabeça.

– Ouvi isso também, Janie. É a única palavra que consegui decifrar de todo o telefonema. Não pensamos muito nesse telefonema, não passamos muito tempo nos preocupando com ele, nem o examinando. Não havia informações, nenhuma reclamação, nenhum relato de crime. Mas então, em novembro, houve outra ligação para o Delatores Anônimos de Crimes. E, quando ouvi esse novo telefonema, lembrei-me deste que vocês acabaram de ouvir. Escutem.

A Capitã reproduz o novo telefonema. É uma voz feminina meio ininteligível, dando risadinhas incontroláveis e dizendo: "*Quero meu dinheiro rápido! Fieldridge... High. Professores fodidos... alunos fodidos. Ai-meu-Deus – isso não pode – eita!*". Mais risadinhas e, então, o telefonema abruptamente acaba. A Capitã repete a ligação para eles mais algumas vezes.

– Uau! – diz Janie.

O olhar da Capitã vai de Janie para Cabel.

– Vocês têm alguma ideia do que se trata?

Cabel entorta os olhos.

– Professores fodidos, alunos fodidos? É uma crítica a professores e alunos da Fieldridge ou é, sabe, literal?

– A música tocando ao fundo é similar à anterior – diz Janie.

– Certo, Janie. Foi isso que me fez pensar no primeiro telefonema, quando este surgiu. E, sim, Cabe, estamos falando disso no sentido literal, a menos que consigamos provas de que não se trate disso. Esse telefonema nos deu informações suficientes para fazer algo a respeito. Minha intuição a partir do pouco que temos é que pode haver algum predador sexual se escondendo nos corredores da Fieldridge High.

– Não tem como descobrir quem deu os telefonemas e perguntar à pessoa o que está havendo? – perguntou Janie.

– Bem, isso seria contra a lei, Janie. O verdadeiro propósito do Delatores Anônimos de Crimes são as ligações anônimas, para proteger a pessoa que estiver relatando o crime, e isso deve continuar assim. Quem liga recebe um "codinome" por meio do qual sua denúncia individual é identificada. Depois, podem usar esse mesmo codinome para acompanhar o caso e reivindicar a recompensa, se conseguirem dar uma dica realmente útil.

– Faz sentido – diz Janie, com timidez.

– O que a senhora fez até agora, Capitã? – pergunta Cabel. – E... – continua, com mais cautela desta vez. – O que espera que nós façamos? – a voz dele, pela primeira vez, soa tensa.

Janie olha para ele de relance, meio de lado, com um pouco de surpresa. Ela nunca o viu parecer desconfortável em relação a uma tarefa antes.

– Fizemos investigações completas do passado de todos os professores. O resultado foi que todos têm ficha e passado totalmente limpos. E agora estamos em um beco sem saída. Cabe, Janie, eis o motivo pelo qual fiz com que passassem a noite toda lá no baile. Estou em busca de qualquer informação que possam me passar sobre os professores da Fieldridge que poderiam ser predadores sexuais nas horas vagas. Estão prontos para o desafio? Este pode ser um pouco perigoso. Hannagan, provavelmente o predador é homem. Se pudermos determinar atrás de quem estamos, podemos precisar usar você como isca para pegá-lo. Pense a respeito disso e me diga como se sente nessa situação. Se não quiser assumir a tarefa, você fica fora desta. Sem pressão nenhuma.

Cabel senta-se, mais preocupado ainda.

– Isca? Você vai expô-la como suposta vítima desse doente?

– Apenas se ela quiser fazer isso.

– De jeito nenhum! – diz Cabel. – Janie, não! É perigoso demais.

Janie pisca e desfere um olhar penetrante para Cabel.

– Mãe? É você? – ela ri, nervosa, não curtindo esse confronto. – O que você quer dizer com "é perigoso demais"?

A Capitã intromete-se na discussão dos dois.

– Cuidaremos de você o tempo todo, Janie. Além disso, ainda não sabemos ainda o que está acontecendo. Pode não ser nada. Tenho esperanças de que você consiga, pelo menos, alguma informação de que precisamos por meio dos sonhos.

Cabel balança a cabeça, em sinal negativo, para Janie.

– Não gosto disso.

Janie levanta uma sobrancelha.

– Certo. Só você tem permissão para fazer algo perigoso. Droga, Cabe. Na verdade, não cabe a você decidir.

Cabel olha para a Capitã, suplicando por ajuda.

A Capitã o ignora intencionalmente e olha para Janie.

– Não preciso pensar a respeito, senhor. Pode contar comigo – diz Janie.

– Que bom!

Cabel fecha a cara.

A Capitã passa os trinta minutos seguintes instruindo-os na arte de obter informações. É um curso de atualização para Cabel, que já vinha trabalhando como agente da Narcóticos durante um ano (embora Janie saiba que não deve chamá-lo de "agente da Narcóticos"), e foi responsável pela mais recente *blitz* para apreensão de drogas na Fieldridge, do pai de Shay Wilder, que tinha uma mina de ouro em cocaína escondida em seu barco. Foi Janie que sacou onde estava a droga, quando o Sr. Wilder dormiu na cadeia. Ela e Cabel formam uma boa equipe.

E a Capitã sabe disso.

É por esse motivo que ela tolera as merdas deles, de vez em quando.

A Capitã reitera a tarefa e encoraja os dois veteranos a continuar trabalhando com firmeza.

– Se estamos lidando com um predador sexual, precisamos pegar o desgraçado antes que machuque mais algum aluno ou aluna da Fieldridge.

– Sim, senhor – diz Janie.

Cabel cruza os braços sobre o peito e balança a cabeça, derrotado. Por fim, diz:

– Sim, senhor.

A Capitã assente com a cabeça e se levanta da cadeira. Instintivamente, Cabel e Janie se levantam também. A reunião foi dada por encerrada. No entanto, antes de saírem do escritório, a Capitã diz:

– Janie? Preciso falar com você em particular. Cabe, você pode ir.

Cabe nem hesita. Sai, sem dar mais do que um olhar de relance para Janie. Ela não consegue evitar a perplexidade causada pelo fato de Cabel estar agindo daquele jeito.

A Capitã caminha até um gabinete cheio de arquivos e puxa vários, bem volumosos.

Janie fica lá, parada, em pé e em silêncio. Observando.

Imaginando.

A Capitã ainda a assusta um pouco.

Porque Janie é bem nova nesse lance.

Por fim, a Capitã volta à mesa dela com a pilha de arquivos e com os papéis soltos. Coloca-os em uma caixa. Senta-se. Olha para Janie.

– Novo assunto. Isto é confidencial – diz a Capitã. – Você sabe o que isso significa?

Janie diz que sim com a cabeça.

– Nem mesmo Cabe, certo? Está entendendo?

Janie concorda com a cabeça mais uma vez, com um ar sério.

– Sim, senhor – acrescenta.

A Capitã estuda Janie por um momento e, em seguida, empurra a pilha de arquivos na direção dela.

– Os relatórios. Vinte e dois anos de relatórios e anotações. Escritos por Martha Stubin.

Janie arregala os olhos. Eles se enchem de lágrimas, apesar de sua tentativa de não as deixar cair.

– Você a conhecia, não? – diz a Capitã, quase num tom acusativo. – Por que não mencionou o fato? Você deveria saber que eu faria uma investigação completa de sua vida.

Janie não sabe qual resposta a Capitã gostaria de ouvir. Conhece apenas seus próprios motivos. Hesita, mas acaba falando.

– A senhorita Stubin é... foi... a única pessoa que entendia isso, essa estúpida maldição dos sonhos, e eu sequer fiquei sabendo disso até que ela morreresse – diz Janie. Ela olha em direção a seu colo. – Tudo o que tenho dela agora é uma espécie de participação especial rápida, ocasional, quando ela decide aparecer no sonho de alguém para me mostrar como fazer as coisas... – Janie engole em seco, para tirar o nó que havia se formado em sua garganta. – Ela nem tem aparecido ultimamente.

A Capitã Komisky raramente fica sem palavras. Mas está mostrando sinais disso agora.

Por fim, ela diz:

– Martha nunca mencionou você. Estava em busca de alguém. Fazendo um tremendo esforço para substituí-la. Havia outros como ela, mas também já se foram. Ela deve ter descoberto você recentemente.

Janie faz que sim com a cabeça.

– Acabei caindo num dos sonhos dela no asilo... ela falou comigo durante os sonhos, mas não entendi que era diferente com ela, que estava me testando, me ensinando. Só entendi depois de sua morte.

Então, a Capitã diz:

– Acho que o único motivo pelo qual ela viveu todo aquele tempo foi por estar determinada a encontrar a próxima apanhadora de sonhos. Você.

Um momento de ternura toma conta da sala.

E, depois, volta-se aos negócios.

A Capitã pigarreia ruidosamente e diz:

– Bem. Espero que haja algo interessante aqui. Algumas dessas coisas podem ser difíceis. Tire mais ou menos um mês para ler tudo. Se achar algo que não entenda, ou que a preocupe, venha falar comigo. Ficou claro?

Janie olha para ela. Não faz ideia do que esperar dos arquivos. Mas sabe o que a Capitã espera ouvir.

– Sim, sim, senhor – responde, expressando uma confiança que não sente.

A Capitã endireita os papéis em sua mesa, indicando que a reunião está encerrada. Janie se levanta abruptamente e pega a pilha de arquivos.

– Obrigada, senhor – diz Janie, que segue porta afora.

Ela não vê a Capitã Fran Komisky observando-a partir, batendo de forma pensativa em seu queixo com a caneta, depois que Janie fecha a porta atrás de si.

Janie dirige até sua casa, feliz em ver os poucos raios de sol abrindo caminho à força, atravessando as nuvens em tom cinza nesta fria tarde de janeiro. Mas está sentindo uma presença sinistra emanando da pilha que a Capitã lhe deu, e um sentimento preocupante com relação à estranha reação de Cabel sobre essa nova tarefa. Ela para em casa, faz um rápido contato visual com a mãe e joga os relatórios sobre a cama.

Lidará com isso depois.

Por ora, está morrendo de vontade de passar seu último dia de férias com Cabel.

Antes de terem de voltar ao mundo real da escola.

E fingir que não estão apaixonados.

16h11

Janie sai correndo pelos quintais, desta vez, toma um caminho diferente para a casa de Cabel. Ela não pode ser vista por ninguém relacionado à escola. Mas o lado bom é que quase ninguém importante na Fieldridge High mora perto do lado pobre da cidade.

Ainda assim, Janie não deixa seu carro na casa de Cabel. Só porque Shay Wilder pode passar por ali.

Porque Shay ainda sente tesão por Cabe.

E Shay não faz a mínima ideia de que Cabel estava por trás da prisão de seu pai pelas drogas.

É meio que divertido.

Mas, para falar a verdade, não é não.

Janie entra pela porta dos fundos agora, por uma questão de segurança. No caso de Cabel ter ido dormir antes de ela chegar. Mas, nos últimos meses, depois que largou o trabalho no Asilo Heather, ela tem mais tempo do que nunca para ficar com Cabel.

Eles têm um relacionamento incomum.

E, quando as coisas estão bem, é algo mágico!

Ela fecha a porta atrás de si, tirando os sapatos. Imagina onde ele esteja. Anda pelos arredores da casa na ponta dos pés, para não acordá-lo caso esteja tirando um cochilo, mas não o encontra em lugar algum no pequenino andar principal. Abre a porta que dá para o porão e vê que a luz está acesa. Ela desce as escadas e fica parada no último degrau, observando-o. Admirando-o.

Ela tira a blusa de moletom e a joga no degrau. Pressiona o corpo contra a viga de metal, esticando os braços, as costas, as pernas. Desejando ser forte e sexy também. Deixa que seu cabelo caia no rosto, enquanto se concentra no alongamento.

Ele a vê e coloca o haltere de volta em seu lugar. Fica em pé. Seus músculos aparecem como ondas sob as cicatrizes de queimaduras espalhadas por sua barriga e seu peito. Ele está magro, alto, mas musculoso. Não robusto. Simplesmente no ponto. E Janie está realmente feliz por ele não se sentir mais desconfortável em ficar sem camisa na presença dela.

Janie sente um forte desejo instintivo de atacá-lo logo ali, no banco em que ele levanta pesos. Mas, afinal, estão juntos há tão pouco tempo que nenhum dos dois quer bagunçar o relacionamento com esse lance de sexo. E Cabel, consciente o bastante de suas muitas cicatrizes de queimaduras, ainda não está totalmente pronto para exibir as que tem abaixo do cinto. Então, Janie o admira daquela distância de mais ou menos um metro e meio. E espera que ele tenha superado seus problemas quanto à ajuda de Janie neste caso.

– Seus olhos estão brilhantes de novo – diz ele. – É bom ver você descansada. E sua cicatriz é muito, mas muito sexy mesmo!

Ele pega a toalha e enxuga o suor do rosto, depois a esfrega por seu cabelo de tom castanho-mel. Uns filetes de suor ainda escorrem por seu pescoço. Ele caminha até Janie e tira o cabelo do rosto dela, tendo uma boa visão da cicatriz de 2,5 centímetros de comprimento sob a sobrancelha, que agora está cicatrizando bem.

– Deus! – ele murmura. – Você é maravilhosa!

Ele dá um beijo gentil nos lábios dela, e então enxuga o peito e as costas com a toalha e veste sua camiseta.

Janie pisca.

– Você tá bêbado? – ela ri, constrangida. Ainda não está acostumada com atenção, muito menos com elogios.

Ele curva-se na direção dela e passa de leve um dedo em seu queixo, traçando uma linha em seu maxilar, pescoço abaixo. Janie sente seu coração golpeá-la e fecha os olhos sem pensar, inspirando. Ele se aproveita da distração dela e começa a mordiscar seu pescoço. Ele está com cheiro de um desodorante Axe, e o suor recente está deixando-a louca. Ela vai na direção dele. Puxa-o para perto de si. Sente o calor da pele dele ardendo por sob a camiseta.

É o toque pelo qual os dois ansiavam.

A espera.

Passaram suas vidas todas, ambos, sem isso. Percebem que está na hora de compensar essa falta.

Cabel entrega o haltere a ela.

– Então... – diz Janie com cuidado. – Está se sentindo melhor comigo fazendo isso, ah, esse lance aí de servir como isca?

– Na verdade, não.

– Ah – ela abaixa o haltere até a altura de seu peito e faz um esforço para erguê-lo.

– Não quero que você faça isso.

Janie concentra-se e faz a pressão no haltere novamente.

– Por quê? Qual é seu problema? – ela pergunta, tomando a resposta dele como ofensa.

– Simplesmente... não gosto disso. Você poderia ser ferida. Estuprada. Meu Deus... – suas palavras vão sumindo. O maxilar dele está rígido. – Não posso deixar que você faça isso. Diga que não!

Janie guarda o haltere no lugar e senta, com os olhos faiscantes.

– Não cabe a você decidir, Cabe.

Cabel solta um suspiro profundo e passa os dedos pelo cabelo.

– Janie...

– O quê? Você acha que não consigo lidar com o trabalho? Você pode sair por aí e mexer com perigosos traficantes de drogas e passar noites na cadeia, mas eu não posso me envolver com nada perigoso? Que tipo de "dois pesos e duas medidas" é isso? – ela fica em pé, parada, encarando-o.

Olha diretamente nos olhos dele.

Seus sedosos olhos castanhos fitam suplicantes os dela.

– Isso é diferente – diz ele, fracamente.

– É por você não ter controle sobre isso?

Cabel fala, nervoso:

– Não... é apenas que...

Janie solta um largo sorriso.

– Você está tão sem saída! Melhor ir se acostumando com a ideia. Já entrei nessa.

Cabel olha para ela por mais um minuto. Fecha os olhos e baixa lentamente a cabeça. Suspira.

– Ainda não gosto disso. Não consigo tolerar sequer pensar em algum professor doente e psicopata se aproximando de você.

Janie envolve seu pescoço com os braços. Descansa a cabeça no ombro dele.

– Tomarei cuidado – sussurra.

Cabel fica em silêncio.

Ele pressiona os lábios nos cabelos dela e aperta muito seus olhos.

– Por que você não pode ser a única coisa segura em minha vida? – murmura ele.

Janie se afasta e levanta o olhar para vê-lo melhor.

Sorri de um modo carinhoso, mostrando que se importa.

– Porque seguro é sinônimo de chato, Cabe.

Janie passa quase uma hora levantando pesos. Em três semanas, segundo Cabe, ela começará a notar as diferenças. Tudo que ela sabe é que os músculos de seus glúteos estão matando-a.

18h19

Janie e Cabel pisam nos pés um do outro na pequena cozinha, enquanto assam peixe no forno e lidam com uma montanha de vegetais. Cabel tem uma alimentação saudável. E ele insiste que Janie faça o mesmo também. Agora que ela perdeu tanto peso. Agora que ele percebe no que ela se meteu pelo resto de sua vida.

– Isso me deixa louco, ver você tão magra desse jeito, sabe? – ele murmura, enquanto dá uma olhada para ver como está o salmão. – E não de um jeito bom.

Nas noites em que ela fica na casa de Cabel, ele massageia os dedos doloridos das mãos e dos pés dela, antes que ela comece a dormir. Cair em um pesadelo nojento fará aquilo com ela... deixará seus dedos adormecidos e doendo durante horas. Cabel, que aprendeu recentemente a controlar até certo ponto seus sonhos, fez do controle onírico uma religião. Ele passa uma hora por dia absorto em meditação, pedindo que tenha sonhos calmos, sonhos doces, abrindo assim seu caminho para o ideal: nenhum sonho. Pelo menos, não quando Janie passa a noite lá. Para conseguir mantê-la por perto. Conseguiu impedir-se de sonhar durante uma noite inteira até agora, com Janie testemunhando o fato. Ela acordou tão renovada que ele mal a reconheceu.

Eis outro motivo pelo qual esta nova tarefa está deixando-o à beira de um ataque de nervos. Ele sabe que os sonhos serão um fardo maior para ela do que para ele.

Fisicamente, de qualquer forma.

Mental? Emocionalmente? Será pior para ele.

Porque esse lance de amor é estranho para Cabel. E agora que ele encontrou Janie, está se tornando cada vez mais protetor em relação a ela. Não há homem algum no universo com quem ele deseje ter de compartilhá-la. Especialmente um psicopata.

Mesmo que isso venha a desenterrar um escândalo.

Das maiores proporções possíveis.

O maior escândalo já visto na Fieldridge High.

22h49

Janie passa a noite lá.

– Está tudo bem entre a gente?

Depois de um momento de silêncio, Cabel sussurra:

– Tudo bem com a gente.

Ele envolve os braços em torno dela na cama, e conversam baixinho, como de costume.

Janie traz o assunto à tona primeiro.

– Então, bota para fora. Você só tirava "A", certo?

Ele a abraça carinhosamente. Fecha os olhos.

– É...

– Eu tirei B+ em matemática – diz ela, por fim.

Ele está calado. Não está muito certo quanto ao que ela quer ouvir. Talvez ela apenas queira dizer isso e pronto. Botar para fora, para desabafar e isso não ser mais tão doloroso.

Ele espera por um momento. E depois murmura:

– Eu te amo, Janie Hannagan. Não consigo aproveitar muito tempo com você. Acordo de manhã e tudo que quero é ficar perto de você – ele apoia-se no cotovelo. – Você já teve alguma ideia de quão incomum, de quão importante isso é para mim? Em comparação com alguma prova idiota que você fez sobre pressão extrema, duas vezes?

Ele disse isso.

A primeira vez que disse isso em voz alta.

Janie engole em seco. Com dificuldade para desfazer o nó na garganta.

Entende o que ele quer dizer, cada palavra e seus significados implícitos.

Deseja dizer-lhe como se sente em relação a ele.

O problema é o seguinte: Janie não consegue se lembrar de ter dito "Eu te amo" para ninguém. Nunca.

Ela chega bem mais perto dele. Como pôde ter passado tantos anos sem tocar nas pessoas? Sem abraços? Braços envolvendo alguém, em um abraço meio frouxo, como se estivesse em letargia, como um pacote de presente de Natal já cansado, esperando para ser aberto, cuja fita fica pendurada mesmo até os últimos momentos.

Os dois confirmam seus planos para o dia seguinte em seus disfarces. Com os horários invertidos, ao contrário do semestre passado, porque precisam fazer uma pesquisa mais ampla na escola. Todos os professores deles são diferentes também. Desta vez, Cabel arrumou seu horário com o diretor Abernethy depois que Janie pegou o dela, sem que Abernethy soubesse o motivo pelo qual ele havia escolhido as aulas, os professores e os horários. O diretor Abernethy tem conhecimento do trabalho de Cabel. Mas ele não sabe de Janie, e a Capitã quer que isso continue assim.

Cabel concordou com o lance do horário, exceto por uma coisinha. A única coisa que insistiu com a Capitã foi ficar na sala de estudos no mesmo horário de Janie. Assim, ele pode dar cobertura a ela, caso alguém veja o que acontece quando ela está lá. A Capitã concordou com isso.

No semestre passado, Janie e Cabel tinham horários idênticos. O que Cabel insiste ter sido um acaso feliz.

Janie não acredita nele.

Ou talvez deseje acreditar que ele a encontrou de propósito. Até mesmo Janie pode ter seus sonhos.

Eles caem no sono. E, quando Cabel começa a sonhar, ela acorda meio assustada, faz um grande esforço e sai furtivamente de perto dele, fecha a porta do quarto e passa o resto da noite no sofá.

3 de janeiro de 2006, 6h50

Ela acorda sentindo o cheirinho de bacon e café. Seu estômago rosna, mas é uma fome normal, não aquele sentimento de estar faminta, a ponto de passar mal e desmaiar que, às vezes, tem depois de uma noite em que cai nos pesadelos de outras pessoas.

Janie não quer abrir os olhos. E então, ele está lá, em cima dela e de suas cobertas, beijando sua orelha.

– Da próxima vez, me chuta para fora da cama – ele sussurra.

O peso dele faz com que ela tenha uma sensação incrível em seu corpo.

Talvez seja por estar acostumada a sentir-se paralisada com frequência.

Ou por perceber que ela era muito dura por dentro, antes de deixá-lo entrar.

Ela abre os olhos lentamente. Leva um tempinho para ajustar a vista à brilhante luz da cozinha, que lhe ofusca a visão.

– Podemos reorganizar os móveis neste final de semana? – pergunta ela, sonolenta. – Assim, quando eu dormir aqui e acordar pela manhã, não terei as luzes satânicas do fogo do inferno incomodando meus olhos.

– Aiiiiiii! Não fique tão nervosinha. É o primeiro dia do melhor semestre da sua vida. Anime-se!

Ele está brincando.

Todo mundo que está quase entrando na faculdade sabe que o melhor dos semestres chega mesmo em quatro anos. Embora este seja, provavelmente, o mais fácil.

Acordada agora, Janie o afasta de cima dela, embora preferisse ficar deitada daquele jeito o dia todo.

– Banho – ela resmunga, indo em direção ao banheiro.

Seus músculos estão doloridos por ter se exercitado. Mas é uma dor boa.

Quando ela retorna, o café da manhã está na mesa.
Finalmente, acostumou-se a comer ali, à mesa dele.
Depois do pesadelo de Cabel com as facas e tudo aquilo.

E então ela tem de partir.
Voltar para casa para ver como está sua mãe e pegar seu carro.
Ela fica numa boa perto de Cabel.
E não entende o porquê.
A não ser que isso a deixa feliz.

Ele a beija.
Ela o beija.
Beijam-se.

E então, ela sai.

Do lado de fora, triturando com os pés a crosta de quase meio metro da neve de Michigan. Entra correndo em casa. Certifica-se de que sua mãe tem comida na geladeira. E pega dinheiro para seu almoço.

Acidentalmente, Cabel e ela estacionam seus carros perto um do outro na escola, o que deixa Ethel muito feliz, pensa Janie.

7h53

Carrie Brandt dá um tapinha um tanto forte na nuca de Janie.

– Hei, chica – diz ela, com os olhos dançantes, como de costume. – Mal vi você nas férias. Tá melhor?

Janie solta um largo sorriso.

– Estou bem. Dá uma olhada na minha cicatriz, que legal, que foda!

Carrie assobia, impressionada.

– E como vai Stu? Vocês passaram um Natal legal?

– Bem, depois de toda aquela experiência com a cadeia, fiquei bem deprimida por uns dias, mas, ah... merda acontece. Tivemos esse lance no tribunal ontem, e fiz o que você sugeriu. As queixas contra mim foram retiradas, mas Stu teve de pagar uma multa. Sem ter de ficar preso, pelo menos. Foi bom não termos cheirado cocaína – ela sussurra essas últimas palavras.

– Bom trabalho – diz Janie, abrindo um sorriso.

Ela sabia que as queixas contra Carrie em relação às drogas seriam retiradas. Apenas não podia contar.

– Ah, isso me faz lembrar que... – continua Carrie, procurando algo em sua mochila e tirando de lá um envelope. – Aqui está o seu dinheiro da faculdade, que você tinha me emprestado. Obrigada de novo, Janie. Você foi incrível por ter saído no meio da noite para pagar a fiança e tirar a gente da cadeia. Então, qual é o lance com as convulsões? Aquilo realmente me assustou muito!

Janie pisca. Carrie fala quase sempre bem rápido e muda de assunto com frequência. O que para ela não tem problema. Porque Janie pode, geralmente, esquivar-se de responder perguntas que não quer, sem que Carrie perceba.

Carrie é um pouco egocêntrica.

E, às vezes, imatura.

Mas ela é a única amiga que Janie tem, e ambas são leais para caramba uma com a outra.

– Ah, sabe – Janie diz, bocejando. – O médico tem de fazer alguns exames e coisas do tipo. Fez com que eu largasse meu trabalho no asilo por um tempo. Mas se você me vir repetir aquilo... ter uma convulsão, digo... não se preocupe. Apenas certifique-se de que da próxima vez eu não caia e abra uma fenda no meu crânio em um carrinho de café enferrujado. Fará isso por mim?

Carrie estremece.

– Ah, nem fala isso não! – diz ela. – Você me deixa apavorada com isso, que nem as pragas do Egito! Hei, ouvi dizer que Cabel está numa merda daquelas com esse lance dos tiras, o escândalo da cocaína. Você tem visto o Cabel? Fico me perguntando se ele ainda está preso.

Janie arregala os olhos.

– Não?! Você acha? Me conta o que descobrir com Melinda e Shay.

– Claro! – diz Carrie, com um largo sorriso.

Carrie adora um bom escândalo.

E Janie adora Carrie. Gostaria de não ter segredos com ela.

14h25

Janie e Cabel têm aula na sala de estudos no último período, na biblioteca da escola. Não sentam juntos. Ninguém parece sonolento. As coisas estão bem tranquilas.

Janie, praticamente enfiada em sua mesa predileta, bem afastada, no canto mais extremo da biblioteca, termina uma tarefa chata de literatura inglesa e, então, encara sua lição de casa de química 2. A primeira impressão que tem dessa aula é positiva. Só alguns *geeks* frequentam-na a cada semestre, pois é um curso de créditos para a faculdade. Mas Janie, que já havia completado satisfatoriamente todos os cursos que precisava no semestre anterior, está fazendo o que pode para ajudá-la na faculdade. Matemática avançada, espanhol, química 2 e psicologia. Psicologia é uma exigência da Capitã.

– É crucial para o trabalho da polícia – disse. – Especialmente este tipo de trabalho que você fará.

Uma bola de papel aterrissa na página da lição de casa de Janie e acaba sendo ricocheteada até o chão. Janie pega-a enquanto ainda está lendo seu livro da escola e a abre, alisando o papel para tirar as marcas de amassado.

16h?

É isso que está escrito no bilhete.

Janie olha de relance e casualmente para a esquerda, entre duas fileiras de livros nas estantes, e faz que "sim" com a cabeça.

14h44

O livro de química de Janie cai na mesa, no momento em que tudo fica escuro.

Ela apoia a cabeça nos braços, quando é sugada para dentro de um sonho.

Mas que merda!, pensa Janie. É o sonho de Cabel. Faz sentido.

Janie pega carona e segue viagem no sonho dele, embora normalmente tente se arrancar deles, agora que os pesadelos de Cabel pararam. Mas, sempre curiosa, entra no embalo desse, sabendo que o sinal vai tocar logo, pondo um ponto-final no dia de aula.

Cabel está revirando seu armário, vestindo camisetas e blusas de moletom, uma por cima da outra, várias camadas e mais peças de roupa, até que mal consegue mover seu corpo, que está parecendo um dirigível.

Janie não sabe o que pensar. Sentindo-se invasiva, arranca-se do sonho.

Quando consegue enxergar de novo, ela coloca seus livros dentro da mochila e espera, pensativa, até o sinal tocar.

16h01

Janie entra sorrateiramente pela porta dos fundos da casa de Cabel, chacoalha suas botas para tirar a neve que ficou nelas, deixando-as dentro da caixa de madeira aquecida que fica do lado da porta. Dobra seu casaco e coloca-o ao lado das botas, encaminhando-se ao porão.

– Hei – diz Cabel, com uma voz rouca, fazendo levantamento de supino.

Janie solta um largo sorriso. Alonga levemente seus músculos doloridos, pega os halteres de 4,5 kg e começa a exercitar os braços e os ombros.

Os dois se exercitam em silêncio durante quarenta e cinco minutos.

Ambos estão fazendo uma revisão mental do dia.

Conversarão a respeito – em breve.

17h32

De banho tomado e ajeitado em frente à pequena mesa redonda de conferência, na sala do computador, Cabel pega uma folha e uma caneta enquanto Janie liga o laptop.

– Veja aqui como devem ser suas fichas de perfis – diz ele, fazendo uns registros. – Enviei um modelo por e-mail para você.

Cabel aponta para diversas colunas, explicando cada uma delas em detalhes, e quais tipos de informações devem conter em cada uma delas. Janie pega o modelo que está em sua tela, revira os olhos, faz uma careta e preenche a primeira.

– Por que você está revirando os olhos?

– Não estou. Estou me concentrando.

Cabel encolhe os olhos.

– Certo, então, na primeira hora é a senhorita Gardênia, espanhol, sala 112, e a lista dos alunos dela. Você quer seus nomes verdadeiros ou em espanhol? – Janie olha para ele, com olhos inexpressivos.

Ele sorri e dá um puxão de leve no cabelo dela.

Ela digita rapidamente.

Umas noventa palavras por minuto.

Ela usa todos os dedos, não apenas um de cada mão.

Imaginem a cena!

Cabel observa, com admiração.

– Nossa! Faz o meu?

– Claro. Mas você terá de ditar. Esse ir e vir dos olhos da tela do computador para o manuscrito me dá dor de cabeça. E me deixa muito mal-humorada.

– Como você...? – ele sabe que ela não tem um computador.

– No asilo – diz ela. – Arquivos e mais arquivos e ainda mais arquivos. Fichas, registros, transcrições, prescrições, tudo isso.

– Uau!

– Por que não fazemos o seu primeiro? Depois, entenderei melhor como fazer o meu.

Cabel folheia as páginas de um caderno espiral.

– Certo – diz ele. – Já rabisquei umas anotações aqui, enquanto estava na escola. Não! Sem essa sobrancelha do mal! Vou decifrar o que escrevi e ditar, eu juro!

Janie dá uma espiada nas anotações dele.

– Mas o que... – ela diz, e apanha o caderno.

Lê o que está na página.

Olha para ele.

– Sr. Verde, Sra. Branca, Srta. Escarlate... bem, olha, Prof. Ameixa! Então, quem diabos é Cel. Mostarda?

Ela desata a gargalhar.

– Coronel Mostarda é o diretor Abernethy – diz ele, torcendo o nariz.

Janie para de rir.

Mais ou menos.

Na verdade, ela dá umas risadinhas em intervalos de poucos minutos, entre suas leituras. Especialmente quando descobre que a Senhorita Escarlate é, na verdade, o Sr. Garcia, professor de tecnologia industrial.

– Está em código pelo lance de ser secreto, Janie – o tom dele demonstra claramente que não acha nada engraçado. – Caso eu perca o caderno, ou alguém fique espiando para ver o que tem nele por cima do meu ombro.

Janie para de zoar com a cara dele.

Mas ele continua.

– É uma ideia inteligente. Você deveria fazer suas anotações em código também, caso tome notas. Basta um errinho idiota para detonar seu disfarce. E aí todos nós estamos ferrados.

Janie espera.

Certifica-se de que ele tenha terminado de falar.

Então ela diz:

– Você está certo. Me desculpe, Cabe.

Ele parece tranquilo agora.

– Tudo bem então, continuando – ele diz. – A primeira hora é de matemática avançada. Sr. Canecão de Cerveja. Sala 134.

Ela insere as informações no computador, incluindo a lista dos alunos.

– Alguma coisa digna de nota? – pergunta ela.

– Neste espaço aqui – diz ele, apontando para o local –, escreva "leve sotaque alemão, tendência a tropeçar nas palavras quando fica agitado, brinca com o giz constantemente". O cara é uma pilha de nervos em frangalhos – explica Cabel.

– A seguir vem a Sra. Panquecas – eles não dão risada do

nome porque a conhecem há anos. – Não tenho nada relevante sobre ela. Ela não passa daquele tipo de grande avó redonda... não tem o perfil de quem estamos procurando, mas não excluímos ninguém, certo? Continuarei de olho.

Janie concorda com ele com um sinal de cabeça e vai para a terceira página, preenche o local com as devidas informações e, em trinta minutos, as fichas de Cabel daquele dia estão prontas. Ela as envia a ele por e-mail.

– Vou terminar minha lição de casa enquanto você trabalha nas suas fichas, se não se importar – diz Cabel. – Se tiver alguma dúvida, é só me perguntar. E certifique-se de anotar quaisquer lances intuitivos que tiver, sentimentos ou sensações engraçadas, suspeitas... qualquer coisa. Não há nada que possa ser dispensável.

– Entendi – diz Janie.

Ela digita, deslizando as pontas dos dedos pelo teclado com fineza, e termina seus relatórios antes mesmo de Cabel acabar sua lição de casa. Ela olha novamente para o que acabou de fazer e passa um tempinho analisando cada uma das entradas, tentando pensar em algo que seja digno de nota. Promete a si mesma ser mais detalhista no dia seguinte.

– Então – diz, tentando soar graciosa, quando Cabel fecha seus livros –, você falou com a Shay hoje?

Janie não pôde evitar perceber que Shay estava frequentando três aulas junto com ele.

Cabel olha para ela com um sorrisinho. Ele tem uma clara ideia do que ela realmente quer saber.

– Só de pensar em estar com Shay Wilder tenho vontade de arrancar meus olhos com uma faca de manteiga – responde. Ele puxa Janie na sua direção em um meio abraço. Ela descansa a cabeça no ombro dele, que passa a mão pelos cabelos dela, alisando-os. – Você vai passar a noite aqui? – ele pergunta, depois de um tempo, com esperança na voz.

Janie pensa na pilha de arquivos da Capitã que está em cima de sua cama.

Odeia o fato de estarem lá, parados, intocados. É como se fosse lição de casa, pendendo sobre sua cabeça. Ela não consegue tolerar isso.

Mas.

Ela também odeia o mero pensamento de sair de perto de Cabel.

A pergunta fica no ar.

– Não posso – diz ela, por fim. – Tenho algumas coisas para fazer em casa.

É difícil, de algum modo, despedirem-se hoje à noite. Eles se demoram um pouco perto da porta, com as testas coladas uma na outra, e curvados como estátuas artísticas enquanto seus lábios sussurram e se roçam de leve.

21h17

Janie chega em casa e dá de cara com a maior bagunça, depois de ter de se esconder atrás de um arvoredo durante quinze minutos, enquanto Carrie removia a neve com uma pá para tirar seu carro do lugar e sair, provavelmente para ir até o apartamento de Stu. Janie não quer saber de perguntas sobre onde ela estava. Sabe que é inevitável Carrie descobrir, um dia, que embora o carro de Janie esteja parado na entrada da casa dela, ela pode não estar lá.

Por sorte, Stu e Carrie passam a maior parte do tempo juntos. Os pais de Carrie até que gostam dele. Mesmo após Carrie ter um ataque de nervos e contar que eles haviam sido presos. Os pais dela pareciam aliviados em saber que Stu não cheirava cocaína.

É claro que puseram Carrie de castigo. Para sempre. Como de costume.

21h25

Janie arruma-se em sua cama, sob as cobertas, e abre a caixa com o material que a Capitã lhe deu. Tira de lá o primeiro arquivo e mergulha na vida da senhorita Stubin.

Surpresa: A senhorita Stubin nunca foi professora em escola alguma.

E era casada.

O queixo de Janie cai e ela fica boquiaberta durante duas horas. A frágil, retorcida, cega, magra que nem um palito, a ex-professora para quem Janie lia os livros tinha uma vida secreta.

23h30

Janie segura sua cabeça dolorida. Fecha o arquivo. Coloca a pilha de papéis de volta na caixa de papelão e a esconde em seu armário. Em seguida, apaga a luz e se enfia debaixo das cobertas.

Pensa no militar que estava no sonho da senhorita Stubin.

A senhorita Stubin, pensa Janie, com um sorriso surgindo nos lábios, *era uma malandrinha naqueles tempos.*

1h42

Janie sonha em preto e branco.

Ela está descendo a rua Center na hora do crepúsculo. O tempo está fresquinho e chuvoso. Janie já esteve ali antes, embora não saiba que cidade é aquela. Olha pelos arredores, animada, na esquina perto da loja de armarinho, mas não há nenhum casal jovem passeando de braços dados por lá.

– Estou aqui, Janie – são as palavras ditas por uma voz suave que surge por trás dela. – Venha sentar-se aqui comigo.

Janie se vira e vê a senhorita Stubin sentada em sua cadeira de rodas, perto de um banco do parque, mais adiante na rua.

– Senhorita Stubin?

A senhora idosa e cega sorri.

– Ah, bom. Fran entregou-lhe minhas anotações. Venho esperando por você.

Janie senta no banco do parque, com o coração quase saindo pela boca. Sente as lágrimas vindo molhar-lhe os olhos, mas, piscando-os, literalmente as afasta.

– É bom vê-la de novo, senhorita Stubin.

Janie coloca sua mão nos dedos nodosos da senhorita Stubin.

– Sim, aí está você! – a senhorita Stubin sorri. – Vamos seguir em frente com isso então?

Janie está perplexa.

– Seguir em frente com isso?

– Se você está aqui, deve ter concordado em trabalhar com a Capitã Komisky, como eu fiz.

– A Capitã sabe que estou tendo este sonho? – Janie está confusa.

A senhorita Stubin dá umas risadinhas.

– É claro que não! Você pode contar a ela, se assim o desejar. Se fizer isso, mande-lhe meu apreço do fundo do meu coração. Mas estou aqui para cumprir uma promessa que fiz a mim mesma. Estar disponível para você, como aquela que me ensinou até que eu estivesse totalmente preparada, com plena ciência de qual era o meu propósito na vida. Estou aqui para ajudá-la como melhor puder, até que não mais precise de mim.

Janie arregala os olhos.

Não!, ela pensa, mas não diz. Espera que leve um bom tempo até não precisar mais da senhorita Stubin.

– Vamos nos encontrar aqui de vez em quando, enquanto você analisa meus arquivos de casos. Quando tiver perguntas sobre minhas anotações, volte aqui. Acredito que vá saber como me encontrar de novo, não vai?

– A senhorita quer dizer, encaminhar-me para este sonho de novo?

A senhorita Stubin assente com a cabeça.

– Acho que consigo fazer isso, sim. Estou meio sem prática – diz Janie, com uma voz tímida.

– Sei que você consegue, Janie – os dedos curvados da velha senhora envolvem levemente a mão de Janie, apertando-a um pouquinho. – A Capitã passou-lhe uma tarefa?

– Sim... achamos que na Fieldridge High há um professor que é um predador sexual.

A senhorita Stubin suspira.

– Difícil. Seja cuidadosa. E criativa... pode ser delicado encontrar os sonhos certos para mergulhar neles de cabeça. Mantenha sua força. Esteja preparada para todas as oportunidades de sondar, em busca da verdade. Sonhos ocorrem nos lugares mais estranhos. Fique de olho nisso.

– Eu... eu farei isso – diz Janie, com suavidade na voz.

A senhorita Stubin pende a cabeça para o lado.

– Devo ir agora.

Ela sorri e desaparece, deixando Janie sozinha no banco do parque.

2h27

Os olhos de Janie ficam trêmulos e se abrem. Ela olha fixamente para o teto, no escuro, e então acende seu abajur. Rabisca o que sonhou em seu caderno. *Uau,* ela pensa. *Legal.*

Abre um largo sorriso sonolento, enquanto apaga a luz e vira para o outro lado, voltando a dormir.

ANOTAÇÕES

6 de janeiro de 2006, 14h10

Janie agora também usa códigos em suas anotações:

Dengoso = Espanhol, Srta. Gardênia
Mestre = Psicologia, Sr. Wang
Feliz = Química 2, Sr. Durbin
Dunga = Literatura inglesa, Sr. Purcell
Débi = Matemática, Sra. Craig
Loide = Educação física, treinador Crater

E, é claro, Soneca = Sala de estudos

Há, definitivamente, algo de sonolento em Michigan nos meses mais negros de janeiro e fevereiro.

A sala de estudos é um desastre. E, depois de alguns poucos incidentes, além dos sonhos de Cabel, nas últimas semanas, Janie está se sentindo sugada para o mundo onírico com mais intensidade do que nunca.

Ela precisa praticar a concentração em casa, em seus próprios sonhos, de novo. Ficar forte, como lhe disse a senhorita Stubin. Ou vai se dar mal.

14h17

Janie sente que está chegando. Larga os livros e dá um olhar de relance na direção de Cabel. Não é o dele. Ele olha para ela com um meio sorriso de pena, quando vê a expressão facial dela, e Janie tenta retribuir o sorriso. Mas é tarde demais.

O lance a atinge como um saco de pedras no ventre, e ela se contorce para a frente na cadeira, com a mente imersa no redemoinho do sonho de Stacey O'Grady. Janie a reconhece – Stacey estava na sala de estudos de Janie no semestre anterior também, e teve esse mesmo pesadelo há alguns meses.

Janie está no carro de Stacey, e ela está dirigindo como uma louca, em uma rua escura perto do bosque. Vem o som de alguém rosnando no banco traseiro do carro, e depois surge um homem por trás de Stacey, que a agarra pelo pescoço. Stacey está sendo sufocada. Perde o controle do carro, que derrapa e cai numa vala, batendo em uma fileira de arbustos e, então, capota.

O homem está tremendo, e acaba relaxando e soltando o pescoço dela e, quando o carro acaba em um estacionamento, Stacey, sangrando, salta de dentro do veículo, saindo pelo para-brisa quebrado, e começa a correr. O homem sai do carro e vai atrás dela. É uma perseguição insana, e Janie é arrastada para dentro de tal cenário. Ela não consegue se concentrar o suficiente para atrair a atenção de Stacey, que está gritando quase ao ponto de explodir os pulmões. Correndo em círculos em volta do estacionamento, o homem a persegue, até que ela corre em direção ao bosque...

... tropeça

... cai

... e ele está em cima dela, impedindo-a de se mexer, rosnando como um cão em seu rosto...

14h50

Janie sente seus músculos contraindo-se espasmodicamente três minutos depois que o sonho acaba. Não ouviu o sinal tocar, mas Stacey aparentemente ouviu, porque seu sonho foi abruptamente interrompido.

Janie ainda não consegue ter sensação alguma. Mas pode ouvir Cabel a seu lado.

– Está tudo bem, querida – ele sussurra. – Vai ficar tudo bem.

14h57

Cabel está gentilmente esfregando os dedos dela. Ele ainda está sussurrando, para que ela saiba que não tem ninguém por ali, que só restaram os dois e que tudo vai ficar bem.

Ela senta lentamente.

Aperta as mãos até que sente, ao mesmo tempo, dor e prazer. Mexe os dedos dos pés. A expressão do rosto dela é a de alguém que voltou do dentista depois de uma obturação.

Ele está massageando os ombros dela, os braços e as têmporas. Ela para de tremer. Tenta falar. Acaba saindo quase um assobio.

15h01

– Cabel – ela diz, por fim.

– Está pronta para tentar se mexer? – a voz dele assumindo um tom de preocupação.

Ela balança a cabeça, lentamente, em sinal negativo. Vira-se na direção dele. Tenta tocá-lo.

– Não consigo enxergar ainda – diz, bem baixinho. – Quanto tempo passou?

Cabel passa as mãos pelos ombros dela e depois volta para os dedos.

– Não demorou tanto assim – diz ele, baixinho. – Alguns minutos.

Quase doze minutos.

– Esse foi um dos bem ruins.

– É. Você tentou sair dele?

Janie descansa sua testa na palma da mão e vira a cabeça lentamente, de um lado para o outro. Sua voz está fraca.

– Não tentei sair... tentei ajudá-la a mudar o rumo do sonho. Não consegui fazer com que prestasse atenção em mim.

Cabel anda de um lado para o outro.

Eles esperam.

Lentamente, Janie consegue discernir formas. O mundo volta ao seu campo de visão.

– Nossa – ela diz, e solta um sorriso trêmulo.

– Vou pegar o carro e levar você até sua casa – diz Cabel, enquanto o faxineiro entra na biblioteca, olhando para os dois com suspeita estampada no olhar. Cabel enfia os livros de Janie na mochila dela, com a cara fechada. Procura algo em sua mochila e volta de mãos vazias. – Não tenho mais barrinhas de proteína. Você não traz nada com você?

– Hum... – Janie morde o lábio. – Estou bem agora. Ficarei bem. Consigo dirigir.

Ele faz uma cara feia. Não responde. Ajuda-a a ficar em pé, levanta a mochila dela e ambos caminham até o estacionamento lá fora. Está nevando um pouco.

Ele abre a porta do lado do passageiro e olha para ela, com o maxilar rígido.

Paciente.

Esperando.

Até ela entrar.

Ele dirige em silêncio pela neve até chegar a um minimercado, entra nele, volta com meio litro de leite e uma sacola de plástico.

– Abra sua mochila – ele diz.

Ela abre a mochila.

Ele coloca lá dentro meia dúzia de barrinhas de proteína. Abre a embalagem de uma delas e entrega a Janie, junto com o leite.

– Vou pegar seu carro depois – ele diz, estendendo a mão para pegar as chaves.

Ela olha para baixo. E então as entrega a ele.

Ele a leva até em casa no carro dele.

Fica com o olhar fixo no volante, com o maxilar cerrado.

Espera ela sair.

Ela olha para ele de relance, com uma expressão confusa no rosto.

– Ah – diz ela, por fim.

Ela engole em seco, aquele nó na garganta. Pega sua mochila e o leite, e sai do carro. Fecha a porta. Sobe os degraus e dá uns chutes no ar, para tirar a neve de seus sapatos. Sem olhar para trás.

Ele sai devagar com o carro da entrada da casa dela, certificando-se de que Janie entre e fique bem. E vai embora, dirigindo.

Janie vai para a cama, confusa e triste, e tira um cochilo.

20h36

Ela está acordada. Morrendo de fome. Procurando em vários lugares da casa, para ver se encontra algo saudável e acha um tomate, que já está ficando mole, dentro da geladeira. Há um pouco de bolor na haste. Ela suspira. Não tem mais nada. Encolhe os ombros sob o casaco e enfia as botas, pegando cinquenta dólares do envelope destinado às compras na mercearia, e começa a andar.

A neve é bela. Flocos tão pequeninos que brilham, como lantejoulas, à luz dos faróis que vêm dos carros e dos postes das ruas. Está frio, talvez uns doze graus abaixo de zero. Janie coloca suas luvas e fecha o casaco até o pescoço. Feliz por estar usando botas.

Quando ela chega à mercearia, a mais de um quilômetro e meio de distância de sua casa, está silencioso lá dentro. Poucos clientes caminham devagar pela loja, ao som da música ambiente vinda dos alto-falantes do local. A loja está bem iluminada, com uma luz amarelada, e Janie revira os olhos quando entra. Pega um carrinho e vai até a seção de produtos naturais, chacoalhando o cabelo para tirar os flocos de neve dele enquanto anda. Solta um pouco o casaco e enfia as luvas nos bolsos.

Para Janie, fazer compras, já que estava lá, é algo relaxante. Ela demora o quanto for necessário: lê os rótulos, pensa nas coisas que parecem que ficariam gostosas se combinadas, escolhe os melhores vegetais, calcula mentalmente o custo total enquanto faz suas compras. Quando vê que já gastou aproximadamente sua verba, passa, sem parar, pelo corredor de pães e bolos para chegar até o caixa. Conforme vai andando ao acaso, olhando para os diferentes tipos de óleos e temperos, diminui a velocidade.

Dá uma olhadinha para o lado esquerdo.

Refaz o cálculo do que tem em seu carrinho.

E, com hesitação, pega uma caixa vermelha e um recipiente pequeno e redondo. Coloca-os no carrinho, ao lado dos ovos e do leite.

Vai levando o carrinho até a frente da loja e para em uma fila curta, na frente de um agradável caixa. Janie dá uma espiada nas revistas enquanto espera. Uma onda nauseante de fome a atravessa da cabeça aos pés. Coloca suas coisas na esteira do caixa e observa, ansiosa, enquanto os números vão crescendo de forma assustadora.

– O total é de US$ 52,12.

Janie fecha os olhos por um momento.

– Sinto muito – ela diz. – Tenho exatamente US$ 50. Preciso tirar alguma coisa.

A menina do caixa suspira. A fila atrás de Janie aumenta. Ela fica vermelha de vergonha e não olha para nenhum deles. Decide o que é necessário.

Hesitante, tira a mistura de bolo e a cobertura.

Entrega-as à menina do caixa.

– Tire estes aqui, por favor – diz ela, baixinho. *Faz sentido,* ela pensa.

A menina do caixa lida com a situação como se fosse um grande problema. Fica apertando os botões com os dedos.

As pessoas mostram sinais de hostilidade, estupidez, e ficam mexendo os pés, impacientes, atrás de Janie.

Ela as ignora.

Suando muito.

– US$ 48,01 – anuncia, por fim, a caixa.

Ela conta as moedas do troco de US$ 1,99, como se estivesse quebrando suas costas levantar o peso de tantas moedas de uma vez só.

Janie pendura os sacos cheios de compras nos braços, três de cada lado, e sai voando dali. Inspira o ar puro e frio. Puxa as sacolas para cima com o braço, assim que chega à estrada, para entrar no clima de seu exercício do dia, tentando não amassar os ovos e o pão. Sente uma dorzinha de prazer no braço, logo de cara. Depois, tudo que sente é apenas dor nos braços.

Depois de uns quatrocentos metros, um carro diminui a marcha e para na frente de Janie. Um homem sai do carro.

– Senhorita Hannagan, não? – pergunta. É o Feliz. Também conhecido como Sr. Durbin, seu professor de química 2. – Precisa de carona? Eu era um dos clientes atrás de você na fila.

– Eu estou... Tá tudo bem. Gosto de caminhar – diz ela.

– Tem certeza? – um sorriso cético aparece rapidamente no rosto dele. – Até onde você vai?

– Só, sabe... Um pouco além de Hill – Janie faz um gesto com a cabeça apontando para a estrada cheia de neve, que vai sumindo na escuridão atrás dos faróis do carro do Sr. Durbin. – Não é tão longe assim.

– Realmente não é incômodo algum. Entre – Durbin fica lá, parado, em pé, esperando, com o braço por cima da porta aberta de seu carro, como se ele não fosse aceitar um "não" como resposta, o que faz a pele de Janie formigar. Mas... talvez ela devesse aproveitar a oportunidade de conhecer um pouco melhor o Sr. Durbin, para os propósitos da investigação.

– Bem... – Janie está começando a tremer de fome. – Obrigada – diz ela, abrindo a porta do passageiro. Ele volta para dentro do carro, coloca quatro ou cinco sacolas da mercearia no banco traseiro, e ela entra. – Sempre em frente, à direita na Butternut. Sinto muito – ela acrescenta, sem saber ao certo o porquê. Talvez pela inconveniência.

– Não se preocupe, problema algum. Eu moro logo ali depois do viaduto, na Sinclair – diz ele. – Fica bem no meu caminho para casa – o ruído do aquecedor do carro quebra o silêncio. – Então, o que está achando das aulas? Fiquei feliz de ver tantos alunos neste semestre. Dez é muita gente para essa matéria.

– Eu gosto – responde. É a aula predileta de Janie, para falar a verdade. Mas ele não precisa saber disso. – Gosto que a classe seja pequena – ela acrescenta, depois de mais um momento em silêncio

–, pois cada aluno tem um lugar no laboratório. Em química 1, sempre usávamos a bancada em duplas.

– É – ele concorda. – Você teve aula com a Sra. Beecher em química 1?

Janie assente com a cabeça.

– É.

O Sr. Durbin estaciona na entrada da casa de Janie, assim que ela mostra qual é, e fica perplexo ao ver o carro de Janie parado lá, como se alguém tivesse acabado de dirigi-lo. Não há neve sobre ele, e um vapor recente está saindo do capô.

– Então você prefere caminhar em uma noite fria como esta e carregar todo esse peso para casa no meio da neve? – ele ri.

Ela sorri.

– Eu não sabia ao certo se a velha Ethel voltaria para casa hoje à noite. Parece que ela está aí agora.

Ela não dá mais explicações. Ele estaciona o carro e abre a porta.

– Quer uma mãozinha?

As sacolas, logo que ela entrou no carro, haviam ido uma para cada lado e agora formavam uma tremenda bagunça.

– O senhor não precisa fazer isso, Sr. Durbin.

Ele sai do carro de um salto e anda rápido até o lado dela.

– Por favor – diz ele, que pega três sacolas e abre caminho para ela ir à frente, seguindo-a até a porta.

Janie hesita, chutando o ar para tirar a neve das botas, arrumando as sacolas para conseguir abrir a porta. Percebe umas coisas em sua casa que ignora na maior parte do tempo. A porta de tela com uma ripa de madeira está meio pendendo para um dos lados por causa das dobradiças um pouco soltas. A madeira do lado de fora está apodrecendo na base, e a tinta está descascando.

Vergonhoso, pensa Janie, entrando na casa com o Sr. Durbin logo atrás dela. Ela acende a luz da entrada e fica momentaneamente cega por causa do brilho. Para no meio do caminho, até conseguir enxergar de novo, e o Sr. Durbin esbarra nela.

– Desculpe-me – ele diz, soando envergonhado.

– Foi culpa minha – diz ela, sentindo-se um pouco constrangida com ele ali na casa dela. Ela não baixa a guarda. Vai saber? Pode ser ele a pessoa que procuram.

Eles viram para entrar na cozinha escura. Ela coloca suas sacolas no balcão e arruma as que ele carregava, colocando-as do lado das dela.

– Obrigada.

Ele sorri.

– Imagina. Vejo você na segunda.

Ele se despede com um aceno de mão e caminha até a saída.

Segunda-feira. Aniversário de 18 anos de Janie.

Ela faz uma busca nas sacolas como se estivesse em uma missão. Pega um punhado de uvas, passa água nelas rapidamente e as enfia na boca, ansiando pela sensação inebriante da frutose. Começa a colocar as coisas no lugar, quando ouve o som de um passo atrás dela.

Ela se vira.

– Jesus, Cabe. Você me assustou pra cacete!

Ele balança as chaves do carro dela.

– Fui entrando, achei que você estaria aqui. Ouvi outra voz, daí me escondi no seu quarto. Então, quem era? – ele pergunta, tentando soar indiferente. E sua tentativa é um completo fracasso.

– Está com ciúme? – provoca Janie.

– Quem. Era. Ele. – Cabel diz as palavras uma a uma, pausadamente.

Ela levanta a sobrancelha.

– O Sr. Durbin. Ele me viu andando até em casa e perguntou se eu queria uma carona. Estava na fila atrás de mim na mercearia.

– O Durbin?

– Sim. Foi muito gentil da parte dele, na minha opinião.

O instinto de Janie discorda disso, mas ela não está a fim de ter uma discussão sobre trabalho com Cabel, neste exato momento.

– Ele é novo. O que ele quer dando carona para alunos? Isso é estranho.

Janie espera para ver aonde ele quer chegar. Mas parece que ele não quer chegar a lugar algum. Ainda assim, ela faz uma nota mental para registrar depois este incidente no caderno sobre o caso – todo cuidado é pouco. Janie se vira e continua a guardar as coisas. Ainda está confusa sobre como Cabel estava calado um pouco mais cedo. Mas não diz nada.

– Eu não sabia onde você estava – ele diz, por fim.

– Bem, se eu soubesse que você viria, teria deixado um bilhete. Mas... – ela continua, friamente – tive a impressão de que você estava irritado comigo. Então, nem esperava ver você.

Ela está visivelmente tremendo agora. Pega o leite, arranca a tampinha e vira-o direto da garrafa. Coloca o leite de lado e procura alguma coisa que seja de preparo rápido. Ela pega mais algumas uvas e engole-as rapidinho.

Ele está observando-a. Há uma expressão nos olhos dele que ela não entende.

– Obrigada por trazer meu carro, obrigada mesmo. Você voltou andando para a escola?

– Não. Meu irmão Charlie me deu uma carona.

– Bem, agradeça a ele por mim.

A essa altura, ela já havia aberto a pasta de amendoim e a espalhado em um pedaço de pão. Ela coloca um pouco de leite em um copo alto, pega o sanduíche e passa sorrateiramente por Cabel, em direção à sala de estar. Liga a TV e entorta os olhos para vê-lo.

– Você quer um sanduíche ou alguma outra coisa? – ela pergunta. – Gostaria de ficar aqui? – ela não sabe mais o que dizer. Ele está apenas olhando para ela.

Finalmente, ele puxa um pedaço de papel do bolso de sua jaqueta. Desdobra-o. Desliga a TV.

– Faz uma coisa para mim, um minuto – diz ele.

Ele fica em pé, diretamente na frente dela, depois se vira e caminha 15 passos na direção oposta. Para e vira o rosto para olhá-la novamente.

– Que diabos você está fazendo?

– Leia isso. Em voz alta, por favor.

É um daqueles quadros para teste de visão.

– Cara, eu realmente estou tentando comer.

– Leia. Por favor.

Ela suspira e olha para o quadro.

– *E* – ela diz. E solta um riso forçado.

Ele não está rindo.

Ela lê a próxima linha.

E a seguinte. Revirando os olhos. E chutando o que está escrito.

– Cubra seu olho direito e faça isso de novo – diz ele.

Ela faz o que ele pede.

– Agora, cubra o olho esquerdo.

– Grrr – ela diz, mas faz.

Já decorou.

Tudo que consegue discernir com o olho direito é a letra 'E'. Ela não diz nada. Apenas diz as letras que lembra ter visto antes.

E então, ele demora um segundo, pegando um quadro diferente.

– Faça isso com aquele olho de novo – diz ele.

– Qual é o problema com você? – ela quase grita. – Droga, Cabel. Não sou sua filhinha nem nada do tipo.

– Consegue ler ou não?

– *N* – diz ela.

– Isso é o máximo que você consegue ler?

– É.

– Certo – ele morde o lábio. – Me dá licença um pouquinho, tá?

– Faça o que quiser – diz ela.

Então, talvez ela precise usar óculos. Grande coisa! Cabel desaparece, entrando no quarto dela. Ela o ouve andando de um lado para o outro no chão barulhento, e falando sozinho.

Janie come seu sanduíche e vira goela abaixo o copo de leite. Vai até a cozinha e prepara outro. Pega o punhado de cenouras e descasca-as em cima da lata de lixo. Enche outro copo de leite.

Leva seu banquete para a sala de estar e senta. Liga de novo a TV. Está sentindo-se bem melhor. Suas mãos pararam de tremer. Ela engole as últimas gotas de leite e sente-as se revirando em seu estômago. Sorri, satisfeita. Acha que deveria ser a garota dos pôsteres da propaganda "Got Milk?"[1].

22h59

Janie consegue sair de seu estado de torpor pós-jantar e imagina o que Cabel está fazendo no quarto dela durante esse tempo todo. Levanta-se e dirige-se até o corredor curto, empurra a porta, abrindo-a, e imediatamente é sugada para a escuridão.

Ela cambaleia.

Cai no chão.

1 Got Milk?, em tradução livre: "Bebeu leite?", é uma campanha publicitária norte-americana, criada em 1993, pela agência de publicidade Goodby Silverstein & Partners para a California Milk Processor Board. A campanha ficou conhecida por aumentar consideravelmente as vendas de leite nos Estados Unidos. (N.T.)

Cabel está como um louco tentando trancar uma porta. Cada vez que ele a tranca, uma nova fechadura aparece. Conforme ele fecha algumas portas, as outras se abrem. Ele não consegue acompanhar o ritmo.

Às cegas, Janie procura a saída.

Ela deixa seu quarto para trás, engatinhando, puxando e fechando a porta atrás dela.

E a conexão é interrompida.

Ela pisca, vendo estrelinhas, e volta a ficar em pé. Pega uma coberta bem velha no armário e a arruma no sofá, suspirando. Ela não consegue dormir nem mesmo em sua própria cama esses dias.

7 de janeiro de 2006, 6h54

Janie acorda assustada. Ela olha ao redor, enquanto uma fria rajada de ar invade a sala de estar. Senta e depois vai até a cozinha, olhando para fora pela janela. Há pegadas recentes na neve em direção ao passeio, elas atravessam a rua e seguem até o quintal do outro lado.

Ela vai dar uma olhada em seu quarto.

Ele se foi.

Ela balança a cabeça, em sinal de desaprovação. *Que idiota*, pensa. Então encontra o bilhete dele.

J,

Merda. Sou muito idiota mesmo. Me desculpa. Você deveria ter batido em mim até eu acordar. Tenho algumas coisas para fazer hoje, mas você me liga? Por favor?

Com amor,

Cabe.

Há realmente "algo" num cara que admite ser um idiota que faz com que seja perdoado.

Janie joga-se em sua cama. Seu travesseiro tem o cheiro dele. Ela sorri. Abraça o travesseiro.

Fala sozinha.

– Adoraria sonhar com a rua Center e gostaria de falar com a senhorita Stubin novamente – diz ela, repetidas vezes, enquanto vai pegando no sono.

7h20

Janie vira para o outro lado e acorda. Olha para o relógio. Suspira. Está enferrujada nesse lance. Repete seu mantra. Forma uma imagem mental da cena.

8h04

Ela está em pé, parada, na rua Center. Está escuro, frio e chovendo novamente.

Olha ao seu redor.

Não há ninguém lá.

Janie anda para cima e para baixo, sem rumo, na rua, procurando pela senhorita Stubin, mas a rua está vazia. Janie senta no mesmo banco de antes.

Espera.

Reflete.

Lembra-se da conversa anterior.

– Quando tiver perguntas sobre minhas anotações, pode me encontrar aqui – havia dito a senhorita Stubin.

Janie dá um tapinha na testa e o sonho se dissipa.

Quando Janie acorda, promete a si mesma que vai praticar o direcionamento e o controle de seus sonhos todas as noites. Isso vai ajudá-la. Ela sabe que vai.

Também promete que vai continuar lendo as anotações da senhorita Stubin para que possa ter algumas perguntas a fazer.

10h36

Janie mastiga sua torrada fazendo bastante barulho enquanto pega a caixa de arquivos que a Capitã lhe deu. Recomeça de onde parou e lê os relatórios, fascinada.

16h14

Ela termina de ler o segundo arquivo. Ainda de pijama, na cama. Restos de lanche por toda parte. O telefone toca e, ofegante, lembra-se do bilhete de Cabel.

– Alô?

– Hei.

– Merda!

Ele ri.

– Posso passar aí?

– Estou aqui sentada de pijama ainda. Me dê uns 30 minutos.

– Sem problemas.

– Hei, Cabe?

– Fala...

– Por que você está bravo comigo?

Ele suspira.

– Não estou bravo com você. Juro. É só que... eu me preocupo com você. Podemos falar sobre isso quando eu chegar aí?

– Certo.
– Te vejo daqui a pouco.

16h59

Janie ouve alguém batendo de leve na porta e abrindo-a. Ela dá uma espiada pela quina da parede e, para sua grande surpresa, é Carrie.

– Oi, sou eu, sua amiga que só aparece quando está tudo bem e some depois! – Carrie sorri, envergonhada.

Merda, pensa Janie.

Ela pega o casaco e coloca um sorriso na cara.

– Hei, garota – diz ela. – Eu estava saindo para tirar a neve. Vem comigo?

– Hum... acho que sim.

– O que foi?

– Nada. Só estou entediada.

– Onde está Stu?

– Noite do pôquer.

– Ahhh. Ele faz isso com frequência?

– Na verdade, não. Só quando os caras o chamam.

– Hummmm.

Janie pega a pá e começa a limpar os degraus primeiro, depois, a calçada. Mantém o rosto virado para a direção de onde acha que Cabel virá. Está ficando escuro, e ela espera que ele perceba que Carrie está lá.

– Então, o que você vai fazer esta noite?

– Eu? – Janie ri. – Lição de casa, claro!

– Quer companhia? – Carrie está parecendo melancólica.

– Você tem lição de casa para fazer?

– Claro. Na verdade, a questão é se farei ou não a lição.

Janie o vê pelo cantinho dos olhos. Ele está parado no quintal lateral dos vizinhos, do outro lado da rua. Ela ri com o que Carrie disse e fala:

– Bem, chega disso – ela dá uma batidinha na pá e sobe os degraus. – Entre.

Carrie entra na casa e Janie dá uma olhada de relance para Cabel, bem rápido, por cima do ombro. Ele encolhe os ombros, sem poder fazer nada, e faz um sinal de que está tudo bem. Janie entra em sua casa depois de Carrie.

Carrie fica até meia-noite, quando já está de boa e um pouco chapadinha por causa da bebida da mãe de Janie.

Janie pensa em ir até a casa de Cabel depois que Carrie vai embora, mas decide que terá uma boa noite de sono ali e que o verá na manhã seguinte.

8 de janeiro de 2006, 10h06

Janie liga para Cabel. Cai na caixa postal.

11h22

Cabel retorna o telefonema de Janie. Deixa uma mensagem na secretária eletrônica.

12h14

Janie liga para Cabel. Cai na caixa postal.

14h42

O telefone toca.

– Alô – diz Janie.

– Pelos demônios do inferno, como sinto sua falta! – diz ele, rindo.

– Onde você está?

– Na UM. Tinha algo a resolver aqui.

– Merda.

– Eu sei.

Segue-se um silêncio.

– Quando você chegará em casa?

– Tarde – responde ele. – Me desculpa, docinho.

– Tá – diz ela, com um suspiro. – Vejo você amanhã, talvez.

– É. Tá certo – diz ele, meigo.

FELIZ ANIVERSÁRIO, AGENTE HANNAGAN

9 de janeiro de 2006, 7h05

Janie acorda no dia de seu aniversário se sentindo terrivelmente triste.

Ela deveria saber.
Isso acontece todo ano.
De algum jeito, parece pior este ano.

Cumprimenta a mãe na cozinha. Ela emite um semirronco, prepara sua bebida matinal e some para dentro de seu quarto. Como qualquer dia comum.

Janie prepara *waffles* que estavam congelados para seu café da manhã. Coloca uma bendita vela no meio deles. Assopra a vela.

Feliz aniversário para mim, ela pensa.

Nos tempos em que sua avó estava viva, pelo menos Janie ganhava um presente.

Ela chega atrasada na escola. Dengoso marca sua presença acusando atraso e não vai reconsiderar isso.

Janie sempre odiou o Dengoso.

O mais estúpido. Anão. De todos.

Psicologia é interessante.

Não.

O Sr. Wang é o mais incompetente professor de psicologia da história. Janie sabe mais do que ele, até agora. Ela tem plena certeza de que ele está apenas dando aulas até ganhar espaço sob os holofotes do *showbiz*. Aparentemente, ele gosta de dançar. Carrie disse a Janie que Melinda o viu em Lansing, em um clube, e que ele estava dando um show.

Engraçado isso. Ele parece muito, mas muito tímido mesmo. Janie faz uma anotação sobre isso e acaba derramando um pouco de seu energético vermelho, o Power Aid, em cima do caderno. Espalha-se por seus sapatos, deixando-os ensopados.

E então, na aula de química, seu béquer explode.

Lançando um caco de vidro como se fosse uma estrela cadente atravessando-lhe as vísceras.

Rasga sua camiseta.

Ela se desculpa e pede para sair para estancar o sangramento. A enfermeira da escola diz que ela tem de ser mais cuidadosa. Janie revira os olhos.

De volta à aula, o Sr. Durbin pede para ela passar pela sala dele depois da aula, para falar sobre o que deu errado.

O almoço é barfaritos.

Dunga, Débi e Loide estão todos alertas hoje. Alguém dorme em cada uma daquelas aulas, até mesmo na aula de educação física, já que hoje estão na classe estudando saúde. Janie finalmente usa o recurso de jogar clipes de papel na cabeça deles para acordá-los.

Na hora em que ela chega à sala de estudos, sente vontade de chorar. Carrie não se lembra do aniversário dela, como sempre. E então Janie percebe com aquele sentido feminino aguçado e temeroso que está menstruada.

Ela consegue passar pelo corredor e fica a maior parte daquela hora no banheiro, simplesmente longe de todo mundo. Ela não tem um absorvente, nem 25 centavos para pegar um na máquina. Então, volta à enfermaria pela segunda vez naquele dia.

A enfermeira não está muito receptiva.

Por fim, faltando 5 minutos para o término das aulas, encaminha-se de volta à biblioteca. Cabel lança-lhe um olhar inquisitivo. Ela balança a cabeça para dizer que está tudo bem.

Ele dá umas olhadas de relance pelos arredores. Enfia-se, sorrateiramente, na cadeira em frente a ela.

– Tudo bem com você?

– Tá... só estou passando por um daqueles dias de merda.

– Posso ver você hoje à noite?

– Acho que sim.

– Quando você pode vir?

Ela pensa.

– Não sei. Tenho que resolver algumas merdas. Lá pelas cinco da tarde, pode ser?

– Sente vontade de malhar?

Janie sorri.

– Sim.

– Vou esperar por você.

O sinal toca. Janie termina a lição de inglês, pega sua mochila e seu casaco e vai até a sala do Sr. Durbin. Ela já sabe por que o béquer explodiu e não sente vontade de contar a ele o que houve.

Ela abre a porta. Os pés do Sr. Durbin estão apoiados em cima da mesa. A gravata dele está meio solta e o primeiro botão da camisa está desabotoado. O cabelo está um pouco levantado, como se ele tivesse passado os dedos nele. Está dando notas em trabalhos em uma prancheta, que está sobre seu colo. Ele levanta o olhar.

– Oi, Janie. Só um segundo.

Ele rabisca alguma coisa.

Ela fica lá, em pé, parada, esperando e alternando o peso do corpo de um pé para o outro. Fica com câimbras. E dor de cabeça.

O Sr. Durbin rabisca mais algumas anotações, depois coloca sua caneta de lado e olha para Janie.

– Então... Dia ruim?

Ela sorri, desdenhando dela mesma.

– Como o senhor sabe?

– Apenas um palpite – ele diz. Parece que está tentando decidir o que fazer em seguida e, por fim, continua: – Por que o bolo e a cobertura?

– Não entendi?

– Por que você tirou do carrinho o bolo e a cobertura, entre todas as outras coisas que tinha comprado?

– Eu não tinha dinheiro suficiente comigo.

– Entendi essa parte. Odeio quando isso acontece. Mas por que não devolveu as uvas ou as cenouras, ou alguma outra coisa?

Janie estreita os olhos.

– Por quê?

– É seu aniversário? Não minta porque verifiquei seus registros.

Janie encolhe os ombros e desvia o olhar.

– De qualquer modo, quem precisa de bolo? – diz ela. Sua voz sai fina, e ela luta para não chorar.

Ele a encara pensativo. Ela não consegue ler a expressão dele. Ele muda de assunto.

– Então. Conte-me a respeito de sua pequena explosão.

Ela encolhe-se de medo.

Suspira.

Aponta para o quadro-negro.

– Estou tendo alguns problemas para ler o que está escrito na lousa – diz ela.

O Sr. Durbin bate com a ponta dos dedos de leve no queixo.

– Bem, isso explica tudo – ele sorri e desliza sua cadeira para trás. – Já foi ao oftalmologista?

Ela hesita.

– Ainda não.

Ela olha para baixo.

– Quando é sua consulta? – pergunta ele, enfaticamente.

Ele se levanta e pega um béquer e os componentes para a fórmula, colocando-os na mesa dela no laboratório. Faz um sinal com a mão para que ela se aproxime.

– Ainda não tenho consulta marcada.

– Você precisa de ajuda financeira, Janie? – a voz dele soa bondosa.

– Não... – ela diz. – Eu tenho um pouco de dinheiro – ela fica vermelha de vergonha. Não precisa de caridade.

O Sr. Durbin olha para a fórmula.

– Desculpe-me, Janie. Só estou tentando ajudar. Você é uma excelente aluna. Quero que consiga enxergar.

Ela fica em silêncio.

– Vamos tentar fazer este experimento de novo? – ele empurra o béquer na direção dela.

Janie coloca os óculos de segurança e acende o bico de Bunsen. Aperta os olhos para ver as instruções e faz as medições com cuidado.

– É ¼, não ½ – diz ele, apontado para a fórmula.

– Obrigada – murmura ela, concentrando-se.

Ela não vai detonar isso de novo.

Faz a mistura dos componentes. Agita durante dois minutos.

Deixa chegar à fervura.

Com um *timing* perfeito.

Interrompe a fonte de calor.

Espera.

O resultado é um violeta glorioso.

Tem cheiro de xarope para tosse.

Está perfeito.

O Sr. Durbin dá um tapinha amigável no ombro dela.

– Parabéns, Janie.

Ela sorri. Tira os óculos de segurança.

E a mão dele ainda está em seu ombro.

Fazendo carinho agora.

Janie sente um frio na barriga. *Ah, Deus,* ela pensa. Quer ir embora dali.

Ele está sorrindo, orgulhoso dela. Suas mãos deslizam para baixo pelas costas dela, tão de leve que ela mal consegue senti-las. Ela sente-se desconfortável.

– Feliz aniversário, Janie – ele diz em uma voz baixa, perto demais do ouvido dela.

Janie faz um tremendo esforço para evitar tremer. Tenta respirar normalmente. *Lide com isso, Hannagan,* ela diz a si mesma.

Ele afasta-se dela e começa a ajudá-la a limpar a mesa do laboratório.

Janie quer sair correndo. Sabe que precisa manter-se tranquila, mas, em vez disso, foge na primeira oportunidade que se apresenta. Uma coisa era falar do que poderia acontecer, algo totalmente diferente era vivenciar aquilo de verdade. Janie estremece e se força a caminhar com calma. Recompõe-se.

Dirige-se até o lado de fora, a caminho do estacionamento. E, então, lembra-se de que esqueceu sua maldita mochila na maldita mesa do laboratório.

Suas chaves estão lá.

A sala está fechada agora.

E ela não tem uma merda de um telefone celular. *Oi, é o ano de 2006 ligando para você para dizer que é uma completa perdedora.*

Ela volta para tentar pegar a mochila, sentindo-se uma idiota, e encontra Durbin no meio do caminho. Está carregando a mochila dela.

– Achei que a encontraria no meio do caminho para pegar isto – ele diz.

Janie pensa rápido. Sabe o que precisa fazer. Luta para passar por cima do que lhe dá arrepios.

– Obrigada, Sr. Durbin – diz ela. – O senhor é o melhor.

Ela dá um leve aperto no braço dele, e sorri rápida e timidamente. E, em seguida, vira-se em direção ao corredor, a passos largos. Ela sabe para o que ele está olhando.

Quando vira no corredor, dá uma espiada por cima do ombro para olhar para ele. Ele está lá. Parado, em pé, observando-a com os braços cruzados no peito. Ela dá um aceno com a mão e desaparece da vista dele.

E agora, ela não quer contar isso a Cabel.

Ele vai ficar preocupado.

Ela dirige até sua casa e procura pelo número da Capitã. Liga para o celular dela.

Conta a ela sobre seu palpite.

– Bom trabalho, Janie. Você nasceu para isso – diz ela. – Tudo bem com você?

– Acho que sim.

– Pode continuar com isso por um tempinho?

– Eu... eu tenho plena certeza de que consigo, sim.

– Eu sei que você consegue! Agora, quero que você faça pesquisas. Não há uma feira de ciências ou algo assim? Uma competição estadual entre escolas de ensino médio para a qual a Fieldridge manda uma equipe? Algo desse tipo?

– Não sei... É, acho que sim. Deve ter. Tem uma de matemática, de qualquer forma.

– Dá uma checada nisso. Se tiver e se esse Durbin for à feira, quero que você se inscreva. Pagaremos por isso, não se preocupe. Venho torturando meu cérebro para pensar a respeito e não consigo chegar a uma melhor maneira de você aterrissar no sonho dele, ou nos sonhos dos outros alunos. Pode ser?

– Não, senhor. Digo, certo, vou me inscrever.

Janie suspira, lembrando-se da estúpida viagem de ônibus a Stratford no semestre anterior.

– Você já deu uma olhada nos relatórios da Martha?

– Em alguns – diz Janie.

– Algo a perguntar?

Janie hesita, pensando no que a senhorita Stubin disse no sonho.

– Não. Ainda não.

– Bom. Ah, e... Janie?

– Sim, senhor?

– Você está me ligando de casa. Eu ainda não te dei uma droga de celular?

– Não, senhor.

– Bem, não quero que você vá a lugar algum sem celular de agora em diante! Está me ouvindo? Arrumarei um para você amanhã. Dê uma passada aqui depois das aulas. E você precisa falar com Cabel sobre esse cara, caso não tenha feito isso ainda. Não quero você neste projeto sozinha. Já me deixa doente de preocupação saber que aquele pervertido está dando em cima de outras garotas da escola, quanto mais você!

– Sim, senhor.

– Mais uma coisa... – diz a Capitã.

– Sim.

Há uma pausa.

– Feliz aniversário! Há um presente para você na minha mesa. O celular estará ao lado dele amanhã, depois da escola, caso você venha aqui e eu não esteja.

Janie não consegue falar.

Engole em seco.

– Ficou claro? – pergunta a Capitã.

Janie pisca para fazer as lágrimas irem embora.

– Senhor, sim, senhor.

– Bom – dá para sentir um sorriso na voz dela.

Passava-se de mas de seis da tarde quando Janie chegou à casa de Cabel. Ela balança as chaves, tentando achar a certa, e ele abre a porta. Ela levanta o olhar para vê-lo. Sorri.

– Oi.

– Onde você esteve?

– Sinto muito. Aconteceram umas coisas.

Ela entra na casa. Tira o casaco e as botas.

– Que coisas?

Ela sente o cheiro no ar.

– O que você está cozinhando?

– Frango. Que coisas?

– Ah, você sabe. Cheguei atrasada na escola e tudo deu bem errado depois disso. Já teve um dia daqueles?

Ele vai até o fogão e vira o frango.

– Sim. Praticamente todo dia no último semestre, quando você não queria falar comigo. Então, o que aconteceu?

Ela suspira.

– Meu béquer explodiu. Na terceira aula. Durbin. Tive de ficar depois das aulas para refazer o experimento.

Ele olha para ela, com os pegadores de frango na mão.

– O cara das compras lá da mercearia?

Ela concorda com a cabeça.

– E?

– E... eu acho que ele é o cara que estamos procurando. Liguei para a Capitã.

Ele joga os pegadores no balcão, fazendo barulho.

– O que te faz pensar isso?

– Ele encostou em mim. Foi... estranho.

Ela diz isso rapidamente, e depois se vira e vai até o quarto.

Mas ele está logo atrás dela e ela não consegue fechar a porta, pois o pé dele está impedindo-a.

– Onde?! – ele grita.

Ela encolhe-se de medo. Dá um gemido agudo. Respira, recompõe-se e olha furiosa para ele.

– Pare, Cabe! Se você não consegue lidar com isso sem me confrontar, não vou contar mais nada!

Ele ouve o que ela tem a dizer.

Seus olhos ficam arregalados.

– Ah, querida – ele sussurra.

Cabel dá um passo para trás. Deixa a entrada livre. O rosto dele está pálido. Caminha lentamente de volta à cozinha. Curva-se sobre o balcão. Coloca as mãos na cabeça. Seu cabelo cai sobre os dedos.

Com um leve estalo, a porta do banheiro é fechada.

Ela fica lá por um bom tempo.

Ele está arrancando os cabelos.

Por fim, frustrado, liga para a Capitã.

– O que está acontecendo, senhor?

Há uma pausa, e então ele diz:

– Ela disse que ele a tocou. É tudo que consegui arrancar dela até agora.

Ele acena com a cabeça.

Puxa o cabelo.

– Sim, senhor.

Escuta com atenção.

O rosto muda.

– É o quê?

Então.

– Puta que pariu, mas que merda – ele sussurra. – Está brincando... – fecha os olhos. – Pode atirar em mim agora. Eu não sabia.

Ele fecha o *flip* do celular.

Coloca-o na mesa.

Caminha até a porta do banheiro.

Inclina-se, encostando a testa no mofo da parede.

– Janie – ele diz. – Me desculpa por ter gritado. Não consigo tolerar nem pensar naquele esquisito encostando em você. Vou dar um jeito nisso. Juro.

Ele espera. Escuta.

– Janie – ele diz novamente.

Então, fica preocupado.

– Janie, por favor, me fala se você está bem aí. Estou preocupado. Só me diz alguma coisa, então eu...

– Tá tudo bem comigo aqui – ela diz.

– Você vai sair?

– Você vai parar de gritar comigo?

– Sim – diz ele. – Me desculpa.

– Você está me deixando maluca – ela diz, saindo. – E me assustou.

Ele concorda com a cabeça.

– Não faça isso.

– Tá bem.

19h45

Cabel diminui o fogo do frango, esperando salvá-lo. Janie está na sala do computador, passando a limpo suas anotações.

Ele entra e senta do lado oposto ao dela, em frente ao outro computador. Dá uma pesquisada geral na internet. Escreve alguma coisa. Clica em enviar. O computador de Janie emite um som de recebimento de mensagem. Quando ela termina suas anotações, verifica suas mensagens no Gmail. Clica no link. Vê o que está na tela.

É um cartão virtual em Flash.

Simples e bonito.

Eu te amo e sinto muito, sou um babaca.
Feliz aniversário.
Com amor,
Cabe.

Ela olha para baixo, para as teclas. Pensa no que vai escrever. Clica em responder.

Caro Cabe,

Obrigada pelo cartão.

Isso significa muito para mim.

Não recebo um cartão de aniversário desde os 9 anos. Acabei de perceber que foi metade da minha vida que já passou.

Sinto muito por ser uma babaca também. Eu sei que você fica frustrado quando não me cuido. É por isso que você estava bem bravo outro dia, né? Tentarei me esforçar para trabalhar melhor com o lance dos sonhos, para que não me detonem tanto assim. E levarei sempre comigo coisas para comer na minha mochila, de agora em diante. Eu já deveria estar fazendo isso, então, você não tem muito com que se preocupar.

O lance é que eu gosto quando você está por perto para me ajudar. Isso me faz sentir que alguém se importa comigo, sabe? Então, talvez eu tenha negligenciado algumas coisas de propósito, só para ser notada por você. É idiota. Vou parar com isso.

Por que você está tão agoniado com este caso?

Tudo que eu sei é que realmente sinto sua falta.

Com amor,

J.

Ela lê e relê o que escreveu e clica em enviar.

O computador de Cabel emite um som de recebimento de mensagem.

Ele lê o e-mail.

Clica em responder.

Querida J.,

Quero explicar uma coisa.

Depois que meu pai botou fogo em mim... bem... ele morreu na cadeia, enquanto eu ainda estava no hospital, recebendo enxertos de pele. Eu nunca consegui dizer a ele o quanto ele me machucou. Não apenas fisicamente, mas por dentro, sabe? Então, eu descarreguei em outras coisas por um tempo.

Estou melhor agora. Recebi aconselhamentos sobre isso e realmente estou bem melhor. Mas não perfeito. E ainda estou lutando com isso.

Olha... você é a única pessoa que tenho em minha vida com quem realmente me importo. Sou egoísta quanto a isso. Não quero que ninguém toque em você. Quero mantê-la a salvo. É por isso que odeio tanto esta tarefa. Agora que tenho você, tenho medo de vê-la machucada ou que fique muito mal com isso tudo, como eu fiquei. Tenho medo de perdê-la, acho.

Gostaria que você sempre estivesse a salvo. Eu me preocupo demais. Se você não fosse tão malditamente independente... ah, bem :-)

Por mais que tenhamos passado por uns bons momentos nos últimos meses, ainda não nos conhecemos muito bem, conhecemos? Quero ter uma oportunidade de mudar isso. Quero conhecer você melhor. Saber o que a deixa feliz e o que lhe dá medo. E também quero que você saiba essas coisas sobre mim.

Eu te amo.

Vou tentar nunca mais magoá-la de novo.

Sei que fiz merda. Mas vou continuar tentando, contanto que me deixe.

Com amor,

Cabe.

Envia.

Janie lê.

Engole o nó na garganta com dificuldade.

Vira-se para ele.

– Quero isso também.

Ela fica em pé e, em um movimento rápido, vai até ele, que está na frente do laptop. Envolve o pescoço dele com os braços. Os braços dele envolvem a cintura dela, e ele fecha os olhos.

10 de janeiro de 2006, 16h

Janie entra sorrateiramente na delegacia, passa pelo detector de metal e encaminha-se até a parte de baixo do prédio.

– Hei, garota nova – diz um homem lá pela faixa dos 30, quando ela chega na frente do escritório da Capitã Komisky e bate na porta. – Hannagan, certo? – a Capitã disse para falar para você entrar. Ela deixou algumas coisas lá para você. Meu nome é Jason Baker. Trabalhei com o Cabel na *blitz* das drogas.

Janie sorri.

– Prazer em conhecê-lo – eles trocam um aperto de mão. – Obrigada – ela acrescenta e abre a porta do escritório.

Em um canto da mesa está o menor telefone celular que ela já viu e, do lado dele, uma caixa de tamanho médio junto com um envelope. Tem uma fita na caixa. Ela abre um sorriso e pega as coisas, depois, sai furtivamente. Quando chega ao seu carro, examina a caixa do presente e o envelope, saboreando-os.

Decide esperar.

16h35

Sentada na cama, abre o envelope primeiro. É um cartão de aniversário tradicional com uma assinatura simples embaixo: *Fran Komisky.* Dentro do cartão, há um vale-presente para um curso de autodefesa da Escola de Artes Marciais do Mario. Legal!

E dentro da caixa está todo tipo de itens e mimos que Janie nunca compraria para si. Velas para relaxamento, óleos de massagem antiestresse, sais de banho aromaterápicos e uma grande quantidade de pequeninas garrafinhas adoráveis. Janie solta um gritinho agudo de felicidade. Os melhores presentes que já ganhou na vida.

Ela liga para Mario e se inscreve para uma aula que começa no dia seguinte. E, em seguida, pega a lista telefônica e procura por um optometrista. Acha uma ótica que fica aberta à noite e marca uma consulta. A recepcionista diz que houve um cancelamento da consulta das 17h30 daquele dia e pergunta se ela poderia ir.

Ela pode.

E vai.

Saqueia seu fundo para a faculdade.

Sai de casa uma hora depois, 400 verdinhas mais pobre, mas com óculos novos, da moda e sexy. Ela ama os óculos, para falar a verdade.

E consegue enxergar.

Ela não fazia ideia de quão mal estava enxergando antes.

Nem acredita na diferença.

Vai dirigindo até a casa de Cabel, sabendo que não pode ficar lá por muito tempo. Bate na porta da frente. Ele abre a porta, secando o cabelo com uma toalha. Abre um sorriso brilhante.

Ele fica lá parado, em pé, de boca aberta.

– Puta merda – ele diz. – Entra – puxa-a para dentro da casa e bate a porta com força. – Você está fantástica! – diz ele.

– Obrigada – ela agradece, e fica balançando o corpo de um lado para o outro. – E veio com um brinde – completa.

– Me deixa adivinhar. Você consegue enxergar?

– Como você sabe?

– Apenas um palpite.

– Hei, vamos fazer uma troca!

Ele sorri com malícia. Tira seus óculos e entrega-os a ela. Ela tira os dela e coloca os dele, enquanto Cabel observa a cena, divertindo-se.

– Oh, meu Deus! Sua visão é um horror.

– Não – diz ele. – A sua é. Meus óculos não têm grau.

Ela tira os óculos dele e, brincando, bate com os punhos no peito dele.

– Você é realmente um imbecil! Nem precisa usar óculos?!

Ele agarra-a pelas costas e abraça-a forte, apertando seu corpo contra o dela.

– Isso tudo fazia parte da minha imagem no último semestre – ele diz, rindo. – E me acostumei com eles. Gosto do visual, então, guardei. Me faz parecer sexy, você não acha? – diz ele, provocante, e então a beija na parte de cima de sua cabeça.

– Seu cheio está maravilhoso – diz Janie. Ela coloca os braços em volta dele e olha para cima. – Ah, veja isso – ela retira o celular de seu bolso. – Não faço a mínima ideia de como funciona, mas não é a coisa mais fofinha que você já viu?

Cabel pega o telefone e examina-o. De cabo a rabo.

– Esse telefone – ele diz, finalmente. – Eu quero esse telefone.

Ela ri.

– Não. Esse é meu.

– Janie, não acho que você esteja entendendo. Eu quero.

– Sinto muito.

– Ele tem identificador de fotos, internet, câmera de vídeo e gravador digital?! Nossa, Hannah... está me deixando excitado.

– Ah, é? – diz Janie em uma voz sexy. – Quer brincar com meu telefone, querido?

Ele olha para ela, com os olhos ardentes.

– Que inferno, é lógico que eu quero!

Ele passa os dedos pelos cabelos dela, desliza as mãos até o bolso traseiro do jeans dela e se inclina para beijá-la.

Os óculos deles se encostam um no outro e fazem um tinido.

– Merda – sussurram os dois juntos, rindo.

– Não posso ficar, de qualquer forma – diz ela. – Além do mais, estacionei o carro na entrada.

– Espera um segundo, certo? – Cabel sai dali sorrateiramente e volta logo depois. – Aqui – ele diz, entregando a ela uma caixinha. – Pelo seu aniversário.

Os lábios de Janie ficam entreabertos pela surpresa. Ela pega a caixa. Sente-se estranha com a ideia de abrir a caixa na frente dele. Umedece os lábios enquanto examina a caixa e a fita que a envolve.

– Obrigada – diz ela, com ternura.

– Hum... – ele pigarreia. – O presente, na verdade, está dentro da caixa. A caixa é como se fosse um presente extra. É como a gente faz as coisas aqui na Terra.

Ela sorri.

– Ainda estou apreciando a caixa e o fato de você ter comprado um presente para mim. Não precisava fazer isso, Cabe.

– Eu só gostaria que você tivesse me dito que era seu aniversário, para que eu pudesse ter dado o presente no dia certo.

– É... – ela suspira – isso era eu fazendo uma festinha de autopiedade. Quando é o seu? – ela pergunta de repente.

– 25 de novembro.

Ela levanta o olhar na direção dele. Os olhos dela se recordam de algo: o final de semana de Ação de Graças.

– É. Você estava no estudo do sono. E não estávamos exatamente nos falando.

– Deve ter sido uma merda de final de semana – ela diz.

Ele fica em silêncio por um instante.

– Abra, J.

Ela tira a fita.

Abre a caixa. É um pequeno pingente de diamante em uma corrente de prata. Reluz dentro da caixa.

Janie fica ofegante.

E lágrimas inundam-lhe o rosto.

O VERDE E OS AZUIS

26 de janeiro de 2006, 9h55

O Sr. Wang interrompe o que Janie está fazendo depois da segunda aula.

– Você tem um momentinho, Janie?

– Com certeza – diz ela.

O Sr. Wang está usando roupa da Polo.

A sala fica vazia.

– Eu só queria cumprimentá-la pelo seu trabalho até agora neste semestre. Você parece entender mesmo de psicologia. Suas respostas na primeira prova foram brilhantes.

Janie abre um grande sorriso.

– Obrigada.

– Já pensou em seguir carreira na área?

– Ah... sabe. A ideia já me passou pela cabeça. Ainda não sei ao certo o que vou estudar na faculdade.

– Então, você *realmente* tem planos para a faculdade? – a voz dele é marcada por uma pontinha de incredulidade. – Talvez a Franklin Community?

Janie pestaneja, sentindo o desprezo.

Sentindo-se pobre.

Como se morar no lado errado da cidade significasse não esperar muita coisa dela.

– Bem, talvez – diz ela, com um tom meio fanhoso e inocente. – Se o Júnior não estivesse a caminho... sabe, mamãe não consegue mais se virar sozinha no trailer. Tenho de dar um jeito de encontrar o pai do Júnior, para conseguir algum dinheiro, saca?

O Sr. Wang fica olhando fixamente para ela.

Ela vira-se para ir embora quando o sinal toca, e chega atrasada na aula de química.

– Desculpa – balbucia a Durbin, enquanto entra furtivamente e vai até seu lugar à mesa do laboratório, no fundo da sala. Os outros já estão fazendo seus trabalhos. Janie copia as equações da lousa. Ainda acha incrível como consegue enxergar bem agora.

Arqueia-se sobre a mesa e rabisca os números em um pedaço de folha do caderno, decifrando a fórmula, verificando e checando de novo seu trabalho. O Sr. Durbin fica andando devagar ao redor da sala, dando dicas e fazendo piadas ocasionais com os alunos, como de costume. Ela entra no clima, como os outros.

De vez em quando, levanta os olhos para dar uma espiada e ver onde ele está, observando sua linguagem corporal enquanto interage com os alunos. Janie não o viu dizer nem fazer nada de inapropriado, desde aquele leve incidente há algumas semanas, e agora lá está ela começando a questionar o julgamento que fez. Aquilo realmente aconteceu? Ou era porque se sentia tão mal consigo naquele dia em que imaginou tudo aquilo?

Para falar a verdade, ele é um professor excelente!

E então, ele está ao lado da mesa dela, dando uma conferida no trabalho que está fazendo.

– Parece bom, Hannagan – diz ele, baixinho.

Mas ele não está olhando para o resultado de sua fórmula, borbulhando alegremente no béquer. Ele está olhando para baixo, na direção da blusa dela enquanto Janie está curvada.

Depois da aula, ele a interrompe no meio do caminho para a saída da sala.

– Você tem um bilhete para mim?

Janie fica desconcertada.

– O quê?

– Um bilhete?

– Para quê?

– Você chegou atrasada.

Janie dá um tapinha na testa.

– Ah... Hum... não, não tenho, mas o Sr. Wang me segurou depois da aula no período anterior. Ele pode confirmar.

– Sr. Wang, hum?

– Sim.

– Espera um pouco aqui, enquanto dou uma ligada para ele.

– Mas...

– Vou fazer uma anotação para você para entregar na próxima aula, não se preocupe.

Ele pega o telefone e disca para a sala do Sr. Wang.

O Sr. Wang, aparentemente, confirma que tinha segurado Janie depois da aula. O sinal toca. O Sr. Wang diz mais alguma coisa, e Durbin dá umas risadinhas.

– Não é? – ele ouve de novo. – Direi – ele fala.

Ele olha de lado e de relance na direção de Janie. Os olhos dele parecem encontrar um ninho e ficam cravados no peito dela, enquanto desliga o telefone.

– Certo, você se livrou dessa – diz ele, sorrindo. – Quem é seu papai?

Ela sorri, envergonhada.

– Aquilo foi uma piadinha – diz ela, umedecendo os lábios. – Obrigada, pode escrever um bilhete para mim agora?

– Claro – diz ele, com a voz preguiçosa.

Ele procura sua caneta e escreve umas coisas em um quadrado de folha de papel reciclado. Ele segura-o à sua frente, de forma que ela tenha de se aproximar para pegá-lo.

– Que tal? – ele está com um sorriso enorme nos lábios.

Ela pega o papel.

– O senhor quer que eu leia o que está escrito nele? – pergunta.

Ele faz que sim com a cabeça e rabisca mais alguma coisa em outro quadrado de papel.

– E este é para o seu próximo professor.

Ela estende a mão para pegá-lo.

– Ah, tá bem – diz ela – Ah...

– No primeiro papel, tem algumas informações sobre uma festinha de química que dou na minha casa, só para os alunos de química 2. Você, por acaso, poderia criar um *flyer* para eu entregar para todo mundo?

Janie olha para o papel.

– Claro, seria um prazer!

– Você parece o tipo de aluna que se daria bem com computação gráfica – diz ele. – Você sabe o que quero dizer – ele estala os dedos. – Esperta com eletrônicos.

– Deve ser meus óculos que me deixam com cara de *geek* e entregam isso – diz ela, com naturalidade.

– Os óculos são legais, Janie. Está dando certo para você?

– Sim, eles são ótimos. Obrigada por perguntar – ela sorri. – Eu deveria ir para minha próxima aula agora. O senhor não tem aula neste período?

– Não. Esta é minha hora livre.

– Ah, legal. Estava pensando em perguntar ao senhor se tem algum tipo de feira ou concurso de química para o qual o senhor leve os alunos?

O Sr. Durbin bate de leve com as pontas dos dedos no queixo, pensativo.

– Eu não estava planejando fazer isso este ano porque é longe pacas... lá na UP, na Michigan Tech, mas você é a terceira pessoa que me pergunta sobre isso. Está interessada em reunir uma equipe? Teríamos de fazer isso bem rápido. Já é no próximo mês.

Os olhos de Janie acendem-se.

– Ah, sim, adoraria ir!

– É uma tremenda viagem para chegar lá. Teríamos de fazer reservas em um hotel. Isso é... hum... viável para você? Não creio que a escola possa dar uma ajuda financeira nesse caso.

Janie sorri.

– Posso gastar cem ou duzentos contos, sim.

O Sr. Durbin olha para ela.

– Creio que seria uma ótima experiência – diz ele, com a voz baixa e lenta.

Ela concorda com um sinal da cabeça.

– Bem, legal! Me avisa. Vou arrumar o *flyer* logo. Quer dez cópias?

– Sem pressa. A festa é só na primeira semana de março. Dez cópias seria perfeito. Na verdade, faça doze, caso o Finch perca o dele, como acaba perdendo todo o resto. Obrigado, Janie.

– Faço qualquer coisa pelo senhor – diz Janie, ficando vermelha de vergonha. – Digo... sabe... – ela ri e balança a cabeça, para mostrar que está envergonhada. – Deixa para lá.

Ele está sorrindo, olhando para o peito dela.

– Até amanhã.

14h05

Janie senta à mesa e esgueira-se para pegar seu celular na mochila. Liga-o. Envia uma mensagem de texto para Cabel:

"Durbin faz uma festa para o pessoal de química 2 todo semestre, na casa dele. Você tem como descolar as listas anteriores das classes de química 2 do Durbin?"

Um tempinho depois, ela recebe a resposta: "Claro! Vejo você às 16h?"

Janie inclina-se para a frente e o vê. Ele pisca. Ela sorri e confirma o encontro com um sinal da cabeça.

15h15

Janie liga para a Capitã.

– Falei com o Durbin sobre fazer parte de um grupo na feira de química. É no mês que vem. O complicado é que é lá em Houghton.

– Excelente trabalho, Janie. Ele terá de levar uma auxiliar mulher com ele. Você estaria perfeitamente segura.

– Ele dará uma festa para os alunos de química 2 também. Acho que faz isso todo semestre, em março e em novembro.

A Capitã para de falar por um momento. Pegas suas anotações.

– Bingo! O primeiro telefonema foi feito no dia 5 de março. O segundo foi em novembro. Acho que temos algo aqui, Janie. Bom trabalho!

Janie desliga, o corpo inundado pela adrenalina do nervosismo. *Isso é bizarro demais,* ela pensa.

16h

Na casa de Cabel, Janie repete a ele a conversa com Durbin, da qual se lembra de cor, mesmo tendo feito anotações logo que entrou na outra aula. Cabel evita ficar preocupado, como prometeu.

Tem com ele a lista do último semestre, assim como a do anterior a este.

– Bem pensado, Cabe. Inteligente da sua parte.

– Amanhã vou rastrear as garotas que faziam a aula dele no semestre passado, para ver que aulas têm agora.

– Ótimo – diz ela.

Janie prepara um *flyer* para a festa de química 2. Está marcada para sábado à noite, dia 4 de março. Imprime 15 cópias. Entrega duas a Cabel.

– Uma para você e uma para a Capitã.

– Você nem imagina o quanto eu gostaria de poder estar lá.

– Você estará por perto, não?

– Mas que inferno, lógico que sim!

Ela fica em pé e abraça Cabel.

– Tenho que ir.

Ele olha para ela, já sentindo saudades.

– Eu deveria estar me sentindo mal por você não ter passado uma noite aqui em três semanas?

– Que tal amanhã à noite?

Ele sorri.

– Sábado também?

– É, tá. Você não tem nenhuma "coisinha" para resolver?

– Não neste fim de semana.

– Tá marcado.

– Fofa – diz ele. – Te vejo depois.

Ele a puxa em sua direção para beijá-la e depois disso ela vai embora, atravessando depressa a neve.

18h37

Janie se lança sobre os arquivos de Stubin. Ela sabe que a Capitã deseja que ela os devore. E é o que Janie vem fazendo há um mês. Tudo é tão interessante, e ela está aprendendo feito louca como conseguir informações de um sonho. Como saber o que buscar em um deles. A senhorita Stubin conseguia, às vezes, pausar e ter uma visão panorâmica dos sonhos, como se fosse uma câmera, e ver as coisas que estavam atrás e na frente dela. A senhorita Stubin mencionou poucas vezes ter "voltado a fita" do sonho para vê-lo duas vezes. Janie não conseguiu fazer nada disso ainda. Está tentando, toda vez em que está na sala de estudos. Talvez tente com Cabel neste fim de semana.

22h06

Janie está chegando perto do fim do último arquivo. Ela esfrega as têmporas enquanto lê. Sua cabeça dói. Pega um analgésico e um copo de água na cozinha e volta a sua leitura.

Está fascinada. Encantada. Formulando uma lista de perguntas para fazer à senhorita Stubin e planejando uma visita a ela em sonho, logo.

Por fim, fecha o último arquivo e coloca-o de lado. Tudo o que restou foram alguns papéis soltos e um caderno de espiral verde e com poucas páginas.

Janie dá uma espiada nos papéis. Parecem ser anotações, rabiscadas em uma letra ilegível que não segue as linhas do papel. Todos os outros arquivos foram digitados. Janie está feliz porque não teve de lê-los daquele jeito. Devem ter sido escritos bem no fim da carreira da senhorita Stubin, depois que ela se aposentou e perdeu a visão.

Janie coloca os papéis de lado e abre o caderno de espiral.

Lê a primeira linha. O manuscrito tem uma letra controlada, relaxada, infinitamente mais legível do que as anotações que estão na cama ao lado de Janie. Parece o título de um livro.

Uma jornada em direção à luz,
por Martha Stubin

Há uma dedicatória embaixo do título:

Este diário é dedicado aos(às) apanhadores (as) de sonhos. É escrito expressamente para aqueles que seguirem meus passos, uma vez que eu tenha partido deste mundo.

As informações que tenho a compartilhar com vocês são compostas de duas coisas: deleite e terror. Caso não deseje saber o que lhe espera, feche este diário agora. Não vire a página.

Mas, se tiver estômago para tal e desejo de lutar contra o pior disso tudo, é melhor que tenha estes conhecimentos. Mas, de novo, pode ser algo que o assombre para o resto de sua vida. Considere isso seriamente. O que está a ponto de ler contém muito mais terror do que deleite.

Lamento dizer que não posso tomar a decisão por você. Ninguém mais pode. Você deve fazer isso por si. Por favor, não coloque a responsabilidade sobre os ombros dos outros. Isso vai arruiná-los.

Seja qual for sua decisão, está entrando em uma longa e árdua jornada. Não desejo que se arrependa. Pense a respeito. Tenha confiança em sua decisão, seja ela qual for.

Boa sorte, amigo(a).

Martha Stubin, Apanhadora de sonhos

Janie sente um frio na barriga.
Afasta o caderno de seu colo.
Fecha-o.
Fica olhando fixamente para a parede, mal conseguindo respirar.
Enterra a cabeça nas mãos.

E então.
Lentamente.
Pega o caderno.
Coloca-o na caixa.
Empilha os arquivos por cima dele.
E esconde-o no lugar mais fundo de seu armário.

3h33

Janie está caindo em altíssima velocidade. Ela olha, zonza, para baixo, e o Sr. Durbin está lá, esperando que ela aterrisse. Está rindo, aquela risada maligna, com os braços esticados para apanhá-la quando cair.

Antes que ele possa pegá-la, Janie lança-se para o lado e é sugada para a rua Center, puxada pelo ar, até o banco do parque, e lá ela fica. O Sr. Durbin já era.

Do lado do banco, em sua cadeira de rodas, está sentada Martha Stubin.

– Você tem perguntas a fazer – vocifera a senhorita Stubin.

Janie tenta tomar fôlego, alarmada. Agarra o apoio de braço do banco.

– O que está acontecendo? – ela grita.

O olhar fixo da senhorita Stubin é vazio. Uma gota de sangue escorre do canto de seu olho e desce lentamente por sua bochecha enrugada. Mas tudo que ela diz é:

– Vamos conversar sobre sua tarefa.

– Mas e o caderno verde?! – Janie fica desesperada.

– Não tem nenhum caderno verde.

– Mas... Senhorita Stubin!

A senhorita Stubin vira o rosto na direção de Janie e solta uma gargalhada.

Janie olha para a mulher.

E então.

A senhorita Stubin transforma-se no Sr. Durbin. Lentamente, o rosto dele derrete-se até que só reste uma caveira oca.

Janie fica ofegante.

Começa a suar frio, e muito.

E acorda, sentando-se direito na cama e gritando.

Janie empurra a coberta e fica em pé em um salto, acende a luz e caminha de um lado para o outro, entre a porta e a cama, tentando acalmar-se.

– Aquilo não era real – Janie tenta se convencer. – Aquela não era a senhorita Stubin. Foi um pesadelo. Foi só um pesadelo. Não tentei ir até lá.

Mas, agora, ela está com medo de dormir.
Com medo de voltar à rua Center novamente.

27 de janeiro de 2006

Os pensamentos de Janie estão distantes, focados na capa de um caderno verde de espiral e concentrando-se em seu pesadelo. Caminha pelos corredores da escola, atordoada, quase esbarrando em Carrie, no intervalo das aulas de Dendoso e Mestre.

– Hei, Janers, tá a fim de sair hoje à noite?

– Claro – Janie pensa. – Hum, quero dizer, não dá. Desculpa.

Carrie olha para ela de um jeito estranho.

– Você tá bem? Você não vai desmaiar, vai?

Janie sacode seus cabelos emaranhados e abre um sorriso.

– Desculpa. Não, estou bem. Só estou com a cabeça voltada para outras merdas. Faculdade e coisas do tipo. Tenho um monte de lixo para preencher, a casa está uma bagunça e estou tentando lidar com uma tremenda dor de cabeça hoje.

– Tá certo – diz Carrie. – Só achei que você poderia gostar de saber da última fofoca.

Ela parece desapontada. É claro que ultimamente Carrie só quer sair com Janie quando Stu está jogando pôquer. Entretanto, Janie não se importa de ser chamada apenas quando a primeira opção de Carrie está ocupada. Ela mesma já fica ocupada o bastante sem Carrie por perto o tempo todo.

– E a Melinda?

– Obrigada – diz Carrie, em tom sarcástico –, mas não precisa me arrumar um encontro. Consigo fazer minhas coisas sozinha. Te vejo depois.

Janie pestaneja.

– Que seja – diz ela, baixinho.

Caminha na direção da sala do Sr. Wang. Ele está observando-a caminhar e entrar, enquanto finge estar olhando para um papel que tem nas mãos. Ela solta um sorriso automático. Quando ele não sorri, nem desvia o olhar, ela pisca.

Isso surte efeito.

Ele fica vermelho de vergonha e senta abruptamente.

Terceira aula. Aula do Durbin. Janie espera até o final da aula para mostrar a ele os *flyers* para a festa do dia 4 de março. Ela demora um pouco pegando as coisas em sua mesa. Logo, é a última a ficar lá. Do cantinho do olho, ela vê o Sr. Durbin observando-a.

Tira os *flyers* da mochila e vai rapidamente até a mesa dele, como se não quisesse chegar atrasada na aula seguinte.

– Está bom assim?

Ele pega os *flyers* e assobia em sinal de aprovação.

– Ótimos! – ele diz. Vira-se na direção dela e ergue as sobrancelhas. – Gostei – continua, agora encarando-a.

Ela inclina-se em direção à mesa dele, apenas um pouco.

– Há mais de onde esses vieram – diz ela. – Se precisar...

Ele engole em seco.

– Terei de aceitar esse seu desafio um dia desses.

Ela sorri.

– Tenho que ir.

– Antes de ir – diz o Sr. Durbin –, consegui o aval quanto à feira de química para uma equipe de sete alunos, se você quiser entrar na competição. É no dia 20 de fevereiro. Sairemos no domingo, dia 19, ao meio-dia, arrumaremos nosso estande, passaremos a noite lá, participaremos da feira e voltaremos para casa às 18h da segunda-feira. Sendo assim, vamos perder só um dia de aula. Aqui estão as informações e o documento de permissão para seus pais assinarem. Custará duzentos e vinte contos, mais o dinheiro das refeições. Você está dentro?

Janie abre um grande sorriso.

– Estou dentro.

Pega o documento de permissão das mãos do Sr. Durbin e dispara sala afora como um dardo em alta velocidade, antes que chegue atrasada na próxima aula. Enquanto corre, ela espia a lista de alunos que estarão na equipe da escola Fieldridge. Janie é a única de sua classe.

Excelente, ela pensa.

Dunga, Débi e Loide são os mesmos de sempre. Para falar a verdade, Janie gosta de educação física desde que Cabel fez com que ela começasse a malhar. Embora ela pudesse fazer isso sem o Loide. Ela também adora sua aula de autodefesa, uma vez por semana. Às vezes, Cabel deixa que ela pratique com ele.

Para falar a verdade, não com tanta frequência.

Não depois que ela fez com que ele caísse de bunda no chão.

Educação física é mista novamente neste semestre, e Loide, o treinador Crater, gosta de usar Janie como exemplo de por que eles não fazem mais jogos de meninos *versus* meninas em esportes de contato. É porque ela acertou Cabel no saco em um jogo de basquete do último semestre. De propósito.

Hoje em dia, Loide faz com que os alunos realizem os testes de força exigidos pelo estado, e Janie bate o recorde das garotas nos exercícios de suspensão em barra fixa. Loide nota os braços musculosos dela e a chama de Buffy[2] enquanto está pendurada. Ela revira os olhos pensando que adoraria que ele estivesse na frente dela. Se alguma vez na vida ela o encontrar em uma rua escura, vai ensiná-lo uma lição, ela decide.

2 O professor a compara a Buffy Summers, da série Buffy, a Caça-Vampiros, por causa da força, obviamente. O interessante é que Buffy era "caçadora", única em uma longa linhagem, de jovens mulheres escolhidas para travar batalhas contra o mal. Esse chamado místico concede a ela algumas habilidades, como intensa força física, alta resistência, agilidade, cura acelerada, intuição e um pouco de clarividência, o que normalmente ocorre em sonhos proféticos. (N.T.)

A sala de estudos está em silêncio. Janie só consegue ser sugada para dentro de um único sonho, e é dos fracos. Não é um pesadelo. Quando percebe que é uma fantasia sexual entre dois colegas veteranos que ela realmente não quer ver pelados, nem fica por perto. Cai fora dali.

Sorri triunfante.

Cabel está observando-a, e ela faz um sinal de o.k. com o polegar, dando um sorriso rápido. Ele dá um grande sorriso em resposta ao dela.

Janie termina toda sua lição de casa para o fim de semana, então, rabisca algumas anotações sobre Durbin e Wang.

Corrigindo: Feliz e Mestre.

E, em seguida, ela fica lá sentada. Com o olhar fixo no espaço.

Pensando na senhorita Stubin e no caderno verde de espiral. Com uma sensação de... bem... temor.

No caminho da escola até sua casa, Janie dá uma passadinha rápida na mercearia para comprar algumas coisas para que sua mãe não morra de fome. Também compra alguns itens pessoais para o final de semana. Começa a arrumar as coisas para passar a noite. Escova de dente, xampu e óleo de massagem, além das velas que ganhou da Capitã. Enfia tudo em sua mochila e segue para a casa de Cabel, deixando um bilhete para a mãe, dizendo como encontrá-la se precisar de alguma coisa.

Eles se exercitam, tomam banho e depois ficam relaxados, lado a lado, no gigantesco pufe feito de sementes, conversando sobre o dia. Mas Janie está tendo problemas em concentrar-se no assunto. Vai ficando cada vez mais quieta, pensando no caderno verde e na tarefa que lhe foi atribuída pela Capitã.

Cabel percebe.

– Onde você está? – pergunta depois de um tempinho.

Janie fica assustada. Sorri para Cabel.

– Desculpa, docinho. Estou aqui.

Mas ela não está ali, na verdade. Está repassando o sonho com Durbin/Stubin mentalmente, agora mais convencida de que foi um pesadelo, e não uma visita da senhorita Stubin.

Cabel senta em silêncio. Observa o rosto dela. Pigarreia.

Janie percebe que ele, o cara com quem deseja estar e com quem está durante todo o fim de semana, está ali do lado dela há bastante tempo. Ela balança a cabeça para afastar os pensamentos sobre o pesadelo aterrorizante com Durbin e inclina a cabeça para o lado, com um enorme sorriso estampado no rosto.

– Epa, fiz isso de novo.

Cabel olha para ela com um olhar inquisidor.

– Para falar a real, eu não estou sendo o centro das atenções aqui.

Janie passa o polegar pela bochecha dele. Puxa o rosto de Cabel em direção ao seu e beija-o, com a língua se movendo rapidamente entre os dentes dele, brincando com ele, até que ela acaba seduzindo-o, e ele entra no jogo.

Uma forte onda de alguma coisa – seria amor? – faz a pele de Janie vibrar. Mas isso a assusta também, quando pensa em seu futuro, sempre com essa maldição dos sonhos pairando sobre sua cabeça. Ela nunca pensou que teria uma chance com alguém. Jamais imaginou que alguém sacrificaria tanta coisa para lidar com os problemas estranhos dela. Imagina quando Cabel vai ficar cansado de tudo aquilo e desistir dela.

Com desespero, tira esses pensamentos da cabeça. Seus lábios quentes acariciam o pescoço dele.

Ela dá um puxão na camiseta dele e desliza os dedos vibrantes por baixo da camiseta, explorando uma vez mais a pele de Cabel, cheia de saliências. Tocando nas cicatrizes na barriga dele e no peito. Ela sabe que Cabel, às vezes, se sente como ela – como se ninguém fosse querer ficar com ele por causa dos problemas que tem. *Talvez nós dois tenhamos chance de ficar um bom tempo juntos,* Janie pensa. *Desajustados unidos.*

Os dedos de Cabel traçam lentamente um caminho que vai do ombro de Janie até sua coxa, enquanto eles se beijam. Então, ele tira sua camiseta pela cabeça e joga-a de lado. Pressiona seu corpo contra o dela.

– Assim é um pouco melhor – ele sussurra no ouvido dela.

– Só um pouco?

O crepúsculo de inverno no final da tarde invade o quarto. Janie põe as mãos em sua blusa e lentamente a desabotoa. Deixa-a cair, aberta.

Cabel para por um momento e fica olhando, fixamente, incerto quanto ao que fazer. Ele fecha os olhos por um momento e engole em seco, com dificuldade.

Ela coloca as mãos entre seus seios e solta o fecho do sutiã.

E então ela vira o rosto aos poucos na direção dele.

– Cabel? – ela olha nos olhos dele.

– Sim – ele sussurra, mal conseguindo fazer com que a palavra seja ouvida.

– Quero que você me toque – diz ela, pegando na mão dele e guiando-a. – Tudo bem?

– Ah, meu Deus.

Ela puxa uma camisinha recém-comprada de seu bolso.

Coloca o pacotinho sobre a pele de sua barriga.

Vai com as mãos na direção do jeans dele.

Cabel, momentaneamente incapaz de falar palavra alguma, indefeso e sem nenhum pensamento, a não ser seu desejo por ela, suspira, tremendo, enquanto toca na pele dela, naqueles seios, naquelas coxas. Conforme a luz vai se esvaindo do lado de fora da janela, os dois se beijam como se suas vidas dependessem do alento que compartilham, e fazem amor com urgência, com os olhos e com seus corpos pela primeira vez, como se fosse a única oportunidade que teriam na vida.

À noite, deitados juntos na cama de Cabel, ela sabe que chegou a hora. Antes de ler o caderno verde, antes que acabe acontecendo o que tiver de acontecer, ela precisa dizer o que sente. Porque ele é o único que importa.

Pratica mentalmente.

Forma as palavras com a boca.

Depois, tenta dizê-las, suavemente, em voz alta.

– Eu te amo, Cabe.

Ele está calado, e ela pensa que ele está dormindo.

Mas então ele praticamente enterra a cabeça no pescoço dela.

1° de fevereiro de 2006

Janie passa a semana dando indiretas sexuais para o Sr. Durbin, trocando confusas olhadas de relance com o Sr. Wang e trocando farpas cheias de rancor com o treinador Crater.

Cabel identifica onde foram parar os alunos da aula de química 2 do semestre anterior. Está trabalhando como um louco nos bastidores, sem falar muito a respeito. Controlando seus sentimentos em relação ao fato de o pervertido estar próximo da mulher que ele ama. Sabendo que, se disser o que realmente está pensando, a tensão aumentará entre os dois.

– Então – diz ele, com cuidado –, é você mais seis outros alunos nesta viagem, além do Durbin. E sua acompanhante?

Janie dá uma olhada de relance para ele, tirando os olhos do livro de química.

– A senhora Panquecas.

Cabel rabisca algo em seu caderno.

– Quatro garotas. Vocês vão ficar no mesmo quarto?

– Não, pensei em dormir no quarto do Durbin – diz Janie.

– Ha! Ha! Ha! – ri, olhando para Janie com uma raiva fulminante nos olhos. Então joga o livro de química de Janie para o lado e ataca-a. Enterra os dedos nos cabelos dela e beija-a. – Você está pedindo para se meter em encrenca, Hannagan – diz ele, praticamente rosnando.

– E isso seria...? – diz Janie, junto com várias risadinhas.

– Encrenca.

SOZINHA

5 de fevereiro de 2006, 5h15

Esparramada no sofá de Cabel, Janie finalmente encontra a senhorita Stubin em seus próprios termos.

Ela está no banco do parque. A senhorita Stubin está lá. É o início do anoitecer. Chuva eterna.

– Vou fazer uma viagem e ter de passar a noite em um hotel, com um professor e alunos que achamos que estão envolvidos num escândalo sexual – diz Janie.

– Em que estação do ano estamos? – pergunta a senhorita Stubin.

Janie olha para ela, perplexa.

– Inverno, é fevereiro.

– Vista um casaco volumoso para disfarçar a tremedeira, caso você seja sugada para dentro de um pesadelo. Envolva-o em seu corpo, como se fosse uma cortina. Vai em uma van escolar?

– Sim.

– Fique no banco do fundo. E se for sugada para algum sonho sem importância para o caso, saia dele. Não desperdice sua força. Você consegue sair deles agora, não?

– Na maioria das vezes... os sonhos normais, pelo menos. Nem sempre consigo com os pesadelos.

– Continue trabalhando nisso. É muito importante!

– Quero tentar pausar os sonhos. Ter uma visão panorâmica da cena. Como a senhora fazia isso?

– Tudo está relacionado com o foco, assim como você se concentra para arrancar-se dos sonhos, Janie. Da mesma forma que você fixa seu foco em ajudar as pessoas a mudarem seus sonhos. Olhe fixamente para a pessoa e converse com ela com sua mente. Diga para que pare. Concentre-se, em primeiro lugar, na visão panorâmica, isso é mais fácil de conseguir. Depois, pause a cena. Quem sabe, você consiga dar zoom e voltar a fita algum dia talvez... isso realmente é uma mão na roda quando se trata de resolver crimes. E continue estudando o significado dos sonhos também. Você já leu livros sobre o assunto, não é?

– Sim.

– Seu trabalho será mais fácil, quanto mais conseguir interpretar alguns dos estranhos aspectos que ocorrem naturalmente nos sonhos. Isso também vai ser de imensa ajuda para você. Estude minhas anotações, veja como interpretei sonhos no decorrer dos anos.

Janie assente com a cabeça, depois fica corada, lembrando-se de que a senhorita Stubin não consegue vê-la.

– Irei. Senhorita Stubin?

– Sim, Janie?

– Sobre o caderno verde...

– Ah, você o encontrou então.

– Sim.

– Vá em frente.

– A Capitã sabe dele? E o que tem nele?

– Não. O caderno não.

– Ela sabe alguma coisa sobre como funciona esse lance dos apanhadores de sonhos?

– Um pouco – diz a senhorita Stubin, soando cautelosa. – Conversamos um pouco no decorrer dos anos. Com certeza, ela é uma pessoa com quem você pode conversar quando precisar.

– Alguém mais entende disso, além da senhora e de mim?

A senhorita Stubin hesita.

– Não que eu saiba.

Janie está inquieta.

– Devo ler o caderno? Quer que eu o leia? É horrível?

A senhorita Stubin fica em silêncio por um bom tempo.

– Não posso responder a essas perguntas. Com a consciência limpa, não posso nem encorajá-la a ler o caderno, nem o contrário. Você é quem deve decidir sem que minhas palavras a levem a uma ou outra opção.

Janie suspira e vai em direção da mão da velha mulher, fazendo carinho na pele fria e fina como papel.

– É o que achei que a senhora diria.

A senhorita Stubin bate de leve com sua mão retorcida na parte de cima da mão macia de Janie. Ela sorri melancolicamente e desaparece aos poucos na noite nebulosa.

7h54

É domingo de manhã. E está na hora. Já se passaram dez dias desde que Janie encontrou o caderno verde de espiral.

Ela volta furtivamente para a cama com Cabel por alguns minutos. Ele está apenas em um sono leve agora, sem sonhar, e ela o abraça com firmeza e força, obtendo dele o máximo que pode antes de ir embora.

– Eu te amo, Cabe – ela sussurra.

E parte.

De volta ao quarto dela, a duas ruas de distância.

8h15

Com o caderno descansando, ameaçador, em cima da cama de Janie, ela enrola.

Faz sua lição de casa primeiro.

E prepara uma tigela de cereal. Café da manhã – uma das cinco refeições mais importantes do dia. Não deve ser pulada.

10h01

Ela não consegue mais enrolar.

Janie olha fixamente para o caderno verde.

Abre-o.

Lê a primeira página novamente.

Respira fundo.

10h02

Respira fundo de novo.

10h06

Pega seu celular e clica no número 2 da memória.

– Komisky – ela ouve.

A voz de Janie fica aguda. Pigarreia.

– Oi, Capitã. Desculpe ligar em um...

– Tudo bem. E aí?

– Hum, é... Os sonhos... a senhorita Stubin alguma vez lhe mostrou o que havia nos arquivos?

– Li os relatos policiais que ela fez, sim.

– E as outras anotações dela sobre como lidar com os sonhos e coisas do tipo?

– Dei uma espiada nas primeiras páginas soltas no arquivo, mas senti que estava invadindo a privacidade dela, então, coloquei tudo de volta como ela pediu.

– Vocês duas algum dia... sabe. Conversaram sobre a habilidade dela?

Há um momento de silêncio.

Um longo silêncio, para falar a verdade.

– O que você quer dizer?

Janie contrai os músculos, em silêncio.

– Não sei. Nada.

A Capitã hesita.

– Tudo bem.

– Certo então.

Vem a seguir um suspiro de nervosismo.

– Capitã?

– Janie, está tudo bem?

Janie faz uma pausa.

– Sim.

A Capitã fica quieta.

Janie espera. E a Capitã não força a barra.

– Tudo certo – diz Janie, por fim.

– Janie?

– Sim, senhor – fala Janie em um sussurro.

– Você está preocupada com o Durbin? Quer cair fora dessa?

– Não, senhor. De modo algum.

– Se alguma outra coisa a estiver chateando, pode me dizer, sabe?

– Sei. Eu estou... Estou bem. Obrigada.

– Posso lhe dar uns conselhos, Janie?

– Com certeza – responde Janie.

– É seu último ano na escola. Você é séria demais. Tente se divertir. Vá jogar boliche, ou ver um filme, ou fazer alguma coisa de vez em quando, certo?

Janie solta um sorriso trêmulo.

– Sim, senhor.

– Ligue-me a qualquer hora, Janie – diz a Capitã.

A garganta de Janie está travada.

– Tchau – diz ela, finalmente.

Desliga o telefone.

10h59

Janie respira fundo.

Vira a página.

Está em branco.

11h01

Vira a página que está em branco.

Vê a familiar escrita ilegível.

Alisa a página.

E então seu estômago vira do avesso, e ela fecha o caderno com força.

Coloca-o de volta na caixa.
Dentro do armário.

11h59

Janie liga para Carrie.

– Está a fim de jogar boliche?

Ela imagina que Carrie esteja balançando a cabeça em sinal de negativa e rindo, falando com Stu. Voltando ao telefone, Carrie responde:

– Você é mesmo uma idiota, Hannagan. É lógico que sim, que inferno, por que não? Vamos jogar boliche!

O DIABO ESTÁ NOS DETALHES

13 de fevereiro de 2006

Os nomes e os horários dos alunos de química 2 estão marcados com ferro quente na cabeça de Janie. Mas o problema é que a maior parte dos nerds de ciências não dorme na escola. E, mesmo se o fizessem, o problema continuaria sendo como Janie pode ficar na mesma sala que eles quando isso acontecer. Parece impossível.

E, considerando que é inverno, é inútil ficar igual uma esquisita, fazendo vigília do lado de fora dos quartos deles, embaixo das janelas, à noite. Ela tem grandes esperanças em relação à feira de química. É tudo em que pode apostar.

Cabel tenta formar uma conexão com cada um dos alunos da lista. A maior parte deles está nas aulas de Cabel, e não nas de Janie. Mas estes alunos continuam com reservas e distantes, associando-o com a galera popular do Hill por andar com Shay Wilder no semestre anterior. Ele está frustrado.

Há dezoito alunos em química 2, no total, este ano. Havia treze no ano passado em química 2. Todos se formaram e foram para a faculdade – Cabel descobre que alguns estão bem longe, como no sul da Califórnia, por exemplo. Com persistência, Cabel acaba descobrindo seus paradeiros, no caso de a vida deles ter mudado de alguma forma nos nove meses que se trancorrerram desde a formatura. Ele passa horas ao computador todas as noites, conferindo os blogs deles, as páginas do Facebook e do Myspace, procurando alguma história meio estranha e maluca que possam achar que estavam mantendo semiprivadas.

E, juntando tudo, o que eles têm é uma grande coleção de nada.

A única pista que Janie tem no momento é Stacey O'Grady, aluna de química 2 no primeiro semestre. Ela está na sala de estudos de Janie. Stacey tem pesadelos horríveis quando consegue dormir. O que é raro.

Mas Janie sabe que muita gente tem sonhos horríveis e, às vezes, isso não quer dizer nada. Até mesmo se o sonho for sobre um estuprador. Janie sabe que uma pessoa sonhando que está sendo perseguida por um estuprador até pode ser literal, porém, é mais provável que seja uma pista para um medo subconsciente, escondido em alguma outra parte da vida da pessoa. O medo de que algo esteja se aproximando de você, ou medo de que não consiga correr rápido o suficiente, ou de perder a voz e não conseguir gritar. Tudo isso poderia simplesmente indicar que a pessoa está até a cabeça com problemas de pressão na escola ou em casa, ou que se sente impotente para mudar as coisas. Ser aluno do último ano do ensino médio poderia fazer isso com muita gente.

Ainda assim, Janie deseja que Stacey pegue no sono na sala de estudos de novo, para que ela possa dar uma olhadinha melhor no pesadelo da menina.

Seis dos dez alunos da classe de química 2 de Janie são mulheres. Ela não conhece nenhuma delas muito bem, embora sejam bem amigáveis umas com as outras. Nenhuma delas vai à feira de química.

Quando Desiree Jackson propõe um grupo de estudos à noite na casa dela, antes de um teste que vem pela frente, Janie topa na hora! Talvez consiga algumas informações dessa forma. Várias outras gostam da ideia do grupo de estudos também. Concordam em encontrar-se na quinta-feira à noite, às 19h, na casa de Desiree.

O Sr. Durbin entrega os *flyers* da festa de 4 de março, e Janie faz uma pergunta.

– O que o senhor acha de convidar o grupo do primeiro semestre para se juntar a nós? Quanto mais pessoas, maior a diversão. Ou o senhor não tem lugar para tanta gente na sua casa, Sr. Durbin?

Janie passou de carro pela casa de Durbin. Cabel conseguiu a planta da casa dele na prefeitura. Memorizou-a. É uma casa com três quartos, com uma grande e espaçosa sala aberta e um excelente porão, que facilmente acomoda vinte pessoas ou mais.

O Sr. Durbin coça o queixo.

– Gosto da ideia! Pessoal, o que vocês acham? Tudo bem para vocês?

Os alunos querem saber quem seriam as tais pessoas. Durbin lembra-se de cor dos oito nomes, e os alunos chegam a um consenso de que podem ir à festa.

– Legal – diz Janie. – Farei mais alguns *flyers*. Deveríamos fazer uma conta de quantos pretendem ir.

– Boa ideia. Nossa, dezoito alunos! Vocês vão detonar minha conta bancária! – diz Durbin, brincando.

Diversas garotas se oferecem para levar uns aperitivos, e Durbin aceita, sem contestar. Janie está perplexa agora. Achava que ele poderia recusar isso terminantemente. Mas ele não está dando indicação alguma de que não passa de uma festa legal, mesmo para os *geeks* da ciência.

– Não quero ver vocês levando nada de álcool! – diz Durbin, soando meio leviano. Ele sorri como se fosse novo o bastante para acertar em cheio os pensamentos dos alunos do último ano, e quer cortar o mal pela raiz. Mas a proibição em si faz com que muitos dos alunos troquem olhares maliciosos.

Ele disse aquilo de propósito, pensa Janie. *Para fazer com que os alunos pensem a respeito.*

Depois da aula, Durbin atrasa a saída de Janie.

– Boa ideia para a festa, Janie. Talvez algumas de vocês, garotas, pudessem chegar mais cedo para me ajudar a arrumar tudo?

Ele está olhando para ela com aquele olhar caidaço de solteiro.

A nuca de Janie está formigando, mas ela sorri bem animada.

– Fantástico. Essa festa vai detonar! O senhor é um professor tão legal. É tipo como se fosse um de nós, sabe?

Durbin dá um grande sorriso.

– Eu tento ser. Faz apenas oito anos desde meu último ano, como vocês. Não sou um velho excêntrico, sabe? – ele está lânguido, inclinando-se e apoiando-se na lateral de sua mesa, com os braços cruzados na frente do corpo.

E então ele estica a mão.

– Fica parada – ele diz. – Tem um cílio aqui.

Ele passa levemente o polegar na bochecha de Janie e demora um pouco com os dedos no rosto dela, na linha dos cabelos, apenas um segundo além do necessário.

Janie abaixa os olhos, com timidez, depois ergue o olhar para fixar nos olhos dele.

– Obrigada – diz ela, gentilmente.

O modo como ele a olha reflete sentimentos reprimidos – isso é inquestionável. Janie hesita por um momento, então se despede dele acenando com os dedos de leve, enquanto se vira e se apressa para ir para a próxima aula.

Na sala de estudos, Janie encontra Stacey O'Grady e senta, sorrateiramente, na cadeira na frente da dela. Janie quer ser a primeira a anunciar o convite para a festa de Durbin, para que possa medir a reação de Stacey.

– Oi – diz ela, com um sorriso.

Stacey tira os olhos de seu livro, olhando para cima, com surpresa.

– Ah, hei, Janie. E aí?

Janie nota, com um frio na espinha, que ela está lendo *The Handmaid's Tale*[3], de Margaret Atwood.

– Você estava na aula de química 2 do Durbin no último semestre, certo?

– Simmm – Stacey parece suspeitar de algo.

– E você vai à feira de química, certo?

– Ah, isso. É... você também?

– É. Parece divertido. Estarei na reunião da semana que vem para criar nosso estande.

– Legal, deve ser bem fácil.

– Para falar a verdade, estou aqui para te fazer uma pergunta sobre o Durbin.

Stacey aperta os olhos.

– O que tem ele?

– Bem, ele vai dar uma festa para o pessoal de química 2 na casa dele, e nossa sala decidiu convidar, também, o pessoal que tinha aula com ele no ano anterior.

Stacey fica com um sorriso de pateta nos lábios.

– Ah, legal! Ele não contou, por acaso, o que aconteceu no último semestre, contou?

---

3 *The Handmaid's Tale* é um romance feminista distópico, algo entre ficção científica e especulativa, de 1985, que se passa em um futuro próximo em que uma teocracia totalitária assume o governo dos Estados Unidos. (N.T.)

Janie ergue a cabeça um pouco.

– Não, para falar a verdade, não mesmo. Só disse que todo mundo se divertiu muito.

O sorriso de Stacey fica ainda maior. Inclina-se para a frente, sobre a mesa dela, e sussurra:

– Todo mundo ficou totalmente trêbado. Até mesmo Durbin e Wang.

O coração de Janie dá um pulo. Ela controla sua surpresa e fala com suavidade:

– Wang também estava lá?

– É. Durbin e Wang são camaradas. Acho que jogam muito basquete juntos, só por diversão, ou algo do tipo. Durbin disse alguma coisa sobre Wang estar lá para entreter e controlar o povo – ela ri e depois fica séria. – Não conta para ninguém sobre o álcool, tá? Durbin e Wang poderiam perder os trampos deles por isso. Mas nós, os *geeks* da ciência, somos uma gangue leal. E sabemos ficar de boca fechada – ela acrescenta, dando risadinhas para si.

– É claro – diz Janie, com seriedade. – Eu nunca o dedaria... ele é o melhor!

– É – suspira Stacey. – Ele é tãooo gostoso. Wang não é nada mal também, para um cara metido que mora lá em cima, no Hill.

As garotas dão leves risadinhas e Janie puxa uma cópia extra do *flyer* da festa.

– Aqui estão as informações. Você acha que consegue ir? Estamos fazendo literalmente uma contagem de cabeças, para que possamos saber quanta comida preparar.

– Opa, claro, estarei lá! Eu bem que poderia dar um tempinho neste ritmo insano. Quer que eu espalhe a notícia? A maior parte dos alunos do primeiro semestre está na minha aula de física.

– Com certeza. Vou arrumar uns *flyers* para você amanhã.

– Legal da sua parte. E foi realmente legal que sua classe tenha convidado a gente – acrescenta ela, com um sorriso.

Janie retribui o sorriso de Stacey.

– Então, você acha que a maioria deles topa ir?

Stacey pensa por um momento.

– Não consigo pensar em ninguém que não daria um pulo de alegria com essa oportunidade.

19h02

Janie termina de organizar suas anotações na casa de Cabel e pensa profundamente: *Isso está ficando cada vez mais curioso.*

Cabel lê por sobre o ombro dela. Ele solta um leve grunhido.

– Ele fez aquele lance estúpido do cílio com você? Deus, que perdedor! – Cabel começa a andar de um lado para o outro.

– Pega leve, camarada – murmura Janie, distraidamente, enquanto digita as informações que obteve com Stacey naquele dia. Quando termina, abre o arquivo do *flyer* da festa e imprime dez cópias.

Cabel está ao telefone.

– É o Cabe – diz. – Acho que precisamos ficar de tocaia na casa do Durbin durante as noites até que... – ele faz uma pausa. – Ah, bem, é por isso que você está no comando – ele solta um sorriso envergonhado ao telefone. – Obrigado, senhor.

Ele desliga.

– Você sabia que a Capitã já vem observando os movimentos na casa do Durbin há duas semanas?

– Nem imaginava. Mas é uma boa ideia. Como vão as coisas do seu lado, Cabe? Eu acho estranho não encontrar nenhum aluno que não goste do Durbin. Você conseguiu abordar alguns de seus novos contatos e perguntar alguma coisa?

– Alguns. Ele parece estar concorrendo a professor do ano, isso sim, do jeito que vão as coisas.

– Se foi um aluno que telefonou, o que o impediria de seguir em frente para pegar o prêmio? Não entendo isso. Nem todo mundo bebe. E se apareceram lá no ano passado, sem saber que tipo de festa era, não iriam cair fora devagar, ou ao menos falar com alguém sobre isso? Eu nunca ouvi falar sobre um acontecimento desses antes. Acho que Carrie saberia disso.

Cabe começa a andar de um lado para o outro de novo. Depois de um tempo, ele diz:

– Carrie não saberia. Ela, Melinda e Shay, junto com as pessoas das sofisticadas festas do Hill, não são *geeks* da ciência. Não há uma única pessoa na lista que eu tenha visto alguma vez na vida numa festa do Hill. São dois mundos diferentes.

– Então, o que o Durbin tem que intimida os *geeks* a ponto de eles desejarem protegê-lo?

A cabeça de Cabel está uma zona. Janie quase consegue ver as rodinhas girando dentro da cabeça dele. Ela dá uma espiada nos *flyers*, e, colocando em prática uma ideia louca, abre sua conta no Gmail e digita um e-mail para o endereço eletrônico que Durbin lhe passou.

Hei, Sr. Durbin,

Falei com Stacey O'Grady hoje, e ela está eufórica por ter sido convidada para a sua festa. Ela me disse que vocês se divertiram muitíssimo na festa do semestre passado. Se não tiver problema, ela vai distribuir os flyers *para os outros alunos da classe do semestre passado.*

Seria legal se eu e ela chegássemos, tipo, uma hora antes para ajudá-lo a arrumar as coisas. Que tal?

E sei que o senhor falou para gente não levar álcool, mas eu tenho uma receita ótima de sobremesa que eu queria levar... tem licor de menta nela. Só um pouquinho. Não é o suficiente para deixar alguém um pouco altinho, nem se comer um pedação. Tudo bem? Senão, posso levar umas guloseimas de Rice Krispie[4] *em vez disso.*

Janie Hannagan

P.S.: Estou um pouco preocupada com a grande prova da sexta-feira. Estudar para a prova e me preparar para a feira de química está tomando muito do meu tempo. Posso marcar uma reunião para conversar com o senhor sobre algumas fórmulas?

Obrigada, J.

Ela clica em "enviar" e deixa o computador ligado, abaixando o volume só um pouquinho, caso ele esteja *on-line* e responda à mensagem dela rapidamente.

– O que você está fazendo? – pergunta Cabel de repente.

– Flertando com o Durbin.

– Ah – ele volta a andar de um lado para o outro, e depois para de novo. – Sabe, acho que finalmente entendi como você deve ter se sentido no semestre passado. Lembra quando você passou pela minha casa e Shay estava lá?

– Ah... é. Está marcado a ferro e fogo, como uma cruz na minha cabeça.

– Eu não queria que você visse aquilo. Não porque eu queria esconder o fato, mas porque ia doer.

Janie sorri para ele.

– Eu sei. Um saco, né?

– Está me levando à loucura – admite Cabel. – Se aquele canalha machucar você, vou matá-lo. Ainda não acho certo colocar você numa posição dessas.

– Que bom que não trabalho para você.

Ela sabe que é difícil.

4 Barrinhas de cereal e/ou outros tipos de lanchinhos com cereais da Kellogg's. (N.T.)

Ele para de andar de um lado para o outro.

– Merda. Você está certa – recomeça a andar de um lado para o outro. – Então, você acha o Durbin gostoso?

– Consigo entender porque as garotas se sentem atraídas por ele.

– Você se sente atraída por ele?

Janie suspira.

– Ah, Cabe. Shay é gostosa, rica, sexy, popular. Uma líder de torcida. Você se sentia atraído por ela?

– Não. Ela era parte do meu trabalho.

– Exatamente.

– Você não respondeu minha pergunta.

Janie hesita, querendo ser verdadeira.

– Durbin é atraente. Não posso negar o fato. Mas, quando ele fez o lance do cílio, me deu um arrepio na nuca. Ele me dá arrepios, Cabe.

Cabel concorda com a cabeça, com a mente ausente, enquanto caminha.

– Certo. Isso faz com que me sinta melhor.

Ela sorri. Entende, pois foi a mesma coisa com Cabel e Shay. E está orgulhosa por ele ter arrumado uma nova forma de abordar o assunto agora.

– Eu te amo, você sabe – diz ela. – Está ficando mais fácil dizer isso.

Ele chega perto enquanto ela está sentada e massageia os ombros dela com leveza. Mas a voz dele soa melancólica.

– Eu te amo também, Janie.

– E estou ficando realmente boa nesse lance de autoproteção – ela acrescenta. – Minhas aulas de autodefesa são fodonas!

Ele puxa de leve os cabelos dela.

– Estou feliz que você esteja fazendo essas aulas. Você está ficando bem saradinha, sabia? É muito sexy. Contanto que você não fique me batendo.

– Não me faça machucar você – ela murmura. – Hei, posso passar a noite aqui?

– Uau. Não sei... xi... estou, tipo, realmente ocupado e tem umas merdas...

Ela abre um largo sorriso.

E, então, ouve o som de um e-mail chegando.

Janie,

RISOS! Traga a sobremesa. E a garrafa.

E, com certeza, um sim para todo o resto que você me pediu e mais ainda.

Eu poderia fazer isso amanhã (terça-feira) depois das aulas, para revermos as fórmulas que você mencionou. No resto das minhas tardes, bem, fico ocupado até por volta das 19h, mas se você não precisar de muitos equipamentos, sempre pode passar na minha casa depois desse horário, seja amanhã ou na quarta.

Dave Durbin

– Ele é bem delicado, mesmo! – comenta Cabel. – Ele sabe que amanhã é o Dia dos Namorados e não apenas tem um grande jogo de basquete, como também tem o encontro dos alunos para animar o pessoal antes do jogo; e a festa do Dia dos Namorados vai das 19h às 22h da noite. Ele não está esperando que você consiga chegar antes disso – Cabel pensa durante um momento. – Quando for responder o e-mail dele, chame-o de Dave. Ele está implorando por isso.

Com isso, Cabel sai andando.

Janie franze os lábios e clica em responder.

Dave,

Que tal na quarta por volta das 20h? Sei bem onde você mora. Obrigada!

J.

Ela clica em "enviar" e passa menos de um minuto até que chega a resposta.

Esperando ansiosamente por isso.
Dave

Janie desliga o computador e vai encontrar Cabel na sala de estar, vendo algum filme antigo do velho oeste, no canal de filmes clássicos. Ela senta sorrateiramente ao lado dele.

– Vou à casa dele na quarta, às oito – diz ela. – Você vai estar por lá, me observando?

Ele envolve o pescoço dela com os braços, sinuosamente como uma cobra, e dá um puxãozinho de leve, com gentileza.

– É claro – diz ele. – Vou alertar a Capitã também.

– Tá – diz Janie, deitando-se, como se estivesse em um ninho, ao lado dele.

Depois de um tempo vendo TV, com o volume tão baixo que mal dá para ouvir e saber de que se trata o filme, Cabe diz:

– Queria que pudéssemos sair amanhã à noite. Estou tão cansado dessa rotina... nos escondendo o tempo todo. O máximo que conseguimos de agitação é quando levantamos pesos ou decidimos se vamos comer ervilhas ou brócolis.

Janie suspira.

– Eu também. Você acha que algum dia conseguiremos sair juntos?

– Sim. Talvez neste verão. Com certeza, no outono. Logo que nos livrarmos de nossa rede de mentiras e deixarmos para trás a Fieldridge High.

É um momento sério.

Janie concorda com ele, com um sinal da cabeça.

Ela descansa a cabeça no ombro dele.

Ele bagunça os cabelos dela.

– Hei, Cabe? – chama quando eles vão para cama.

– Sim, baby.

– Você se importa se eu praticar meu lance nos seus sonhos esta noite?

– É claro que não. Nem precisa perguntar.

– Me sinto estranha se não perguntar – diz ela.

– É legal. Está trabalhando com algo específico?

– É... Estou tentando fazer como o TiVo[5].

Ele ri.

– O que você quer dizer é pausar e rebobinar, esse tipo de coisa?

– Exatamente.

– Isso será interessante. Espero que você consiga. Você não quer me levar com você, quer?

– Não desta vez. Preciso de toda concentração que conseguir. Uma vez que eu realmente consiga fazer isso, claro que ficarei feliz em mostrar para você como é.

Ele apaga a luz e descansa o braço em volta da barriga dela. Acaricia o local com o polegar, como se estivesse tocando guitarra.

– Sabe – diz ele –, você poderia realmente se divertir com um bom sonho assim que aprender como fazer isso aí.

– Entende por que quero praticar com você? – diz ela, com um sorriso, no escuro.

– Tenha cuidado ou corre o risco de ir para a escola amanhã toda vermelha, envergonhada por causa do sexo.

Ela dá umas risadinhas suaves.

– Tudo parte do meu plano, queridinho.

– Bem, isso tem que deixar Durbin com tesão – a voz de Cabel fica amarga.

---

5 TiVo é uma marca popular de gravador de vídeo digital (DVR - Digital Video Recorder), que pode também ser chamado de gravador de vídeo pessoal (PVR - Personal Video Recorder). (N.R.)

Janie vira-se na direção de Cabel.

– Você já descobriu por que ninguém da Narcóticos cai em cima do Durbin?

– Imagino que sim – diz Cabel. – É porque ele é só um pouco mais velho, tem boa aparência e, além disso, é atlético e realmente age como se gostasse dos alunos de ciências. Ele aceita as mentalidades *geeks* deles, expressando admiração. Ele é a síntese de um moleque legal, popular, mas que não teve muitas fãs em sua vida. As garotas amam isso!

Janie pigarreia.

Espera.

Pigarreia de novo.

– Eu... eu quero dizer – Cabel fala, gaguejando. – Ah, quero dizer que algumas delas são como as *groupies*[6] e outras são como você, por exemplo, que enxergam além da fachada e... ah... esse tipo de merda.

– Humm-humm – diz Janie.

– E... eu amo muito você. E agora vou calar a boca e dormir para que você possa manipular minha mente uma dúzia de vezes ou mais, certo?

– Fraco – diz ela. – Mas serve.

14 de fevereiro de 2006, 3h41

Cabel sonha.

Janie desliza na escuridão e, depois, entra na sala do computador.

É um sonho sobre a noite em que fizeram amor lá. Ela está observando-o, observando a si mesma, com curiosidade, surpresa em ver como encontraram seu ritmo juntos bem rápido logo na primeira vez.

Concentra-se com toda sua força. Olha fixamente para Cabel. *Pause*, pensa ela repetidas vezes.

---

6 Gíria para fã. Inicialmente, este termo denominava garotas que seguiam os membros de suas bandas favoritas para ter relações sexuais com eles (N.E.)

Passa um minuto, mas nada muda.

Mais um minuto.

E então a cena vai ficando como se estivesse em câmera lenta.

Dez segundos depois, está pausada. Em um ponto muito interessante, Janie faz anotações.

Janie olha ao redor do quarto, tentando notar tudo. Os itens do escritório na escrivaninha, o relógio na parede, parado também, as cores de tudo. É incrivelmente difícil manter a cena pausada ali. E ela começa a perdê-la. Pode sentir seu corpo tremendo, enfraquecendo, e volta a ser apenas mais um sonho em velocidade normal de novo.

A cabeça dela lateja. Seus dedos estão adormecidos. Esbarra em Cabel com a bunda, tentando acordá-lo apenas um pouco para que ela não tenha de usar sua energia, que está minguando, para arrancar-se do sonho também. Ela sabe que não consegue fazer isso, não depois daquilo. Já mal consegue sentir os braços e as pernas no estado em que se encontra.

Cabel respira bem fundo, e ela consegue senti-lo encostado em suas costas, excitado em meio a seu sono. Ele começa a fazer carinho no corpo dormente dela, enquanto ainda está no sonho. Consegue sentir o toque dele, desvanecendo e voltando em sua pele, como se estivesse vendo isso em sua cabeça. E está presa. E caindo. E muito excitada e cega e dormente, observando isso em sua mente, sentindo-o ao mesmo tempo em seu corpo, tudo de uma vez, e deseja isso. Quer fazer amor agora mesmo. Mas está completamente paralisada.

Não consegue se mexer.

Não consegue sentir nada.

Não consegue falar.

Não pode acontecer. Não assim.

Ela precisa acordá-lo, antes que algo aconteça. Para que possam fazer isso do jeito certo.

Ela reúne toda sua força, toda sua concentração, toda sua vontade. Morde, às cegas. Sente cabelos nos dentes. Vai para trás com o pescoço.

E tudo fica preto.

Ela está sentindo calafrios.

Tremendo.

Tentando respirar enquanto anseia ver algo. Qualquer coisa. O rosto dele. Ela deseja ver o rosto dele.

Ele está falando com ela.

A mão dele está em sua bochecha, deslizando em meio às lágrimas que escorrem.

E ela percebe agora.

Percebe que eles não terão nenhum tempo para rolar juntos, inconscientes, e fazer amor sonolentos em uma noite de inverno, na perduração do sonho.

Ela está toda torta.

Seus músculos parecem feitos de água.

E ele está lá, erguendo os ombros dela, segurando um copo de água perto de seus lábios, pedindo para que beba e engula aquilo.

Janie consegue sentir os dedos dele tirando os cabelos da frente de seus olhos. Ouve a voz dele ao pé de seu ouvido. Sente o cheiro da pele dele por perto. Sente o gosto do leite na língua, na garganta. E então, lentamente, vê sombras. A princípio, em preto e branco, em seguida vê o rosto dele com um ar selvagem. Os cabelos dele, para todos os lados. Suas bochechas vermelhas.

E ela fala, com a voz rouca.

– Tá tudo bem.

Mas não está tudo bem.

Porque ela o deseja, e agora ele está com medo de tocá-la daquele jeito.

Ele faz com que ela se alimente.

Senta perto da cama.

Espera o sono dela chegar.

Ela o encontra, acordado, no sofá, na manhã seguinte.

Senta no espaço formado pelo corpo dele.

E olham um para o outro, ambos lamentando tanto e nenhum dos dois precisando sentir-se assim.

Cabel, sentindo-se impotente. Janie, presa na armadilha de sua própria habilidade. Com o desespero assaltando as mentes de ambos por um tempinho, até conseguirem lidar com a vida que têm pela frente. E cada um, em seus pensamentos privados neste Dia dos Namorados, imagina brevemente se isso deveria ser levado adiante.

Se eles deveriam continuar juntos.

Torturando um ao outro sem ser de propósito, indefinidamente.

– Cabe – ela diz.

– Sim.

– Você sabe o que sempre faz com me sinta melhor?

Ele pensa por um momento.

– Leite?

– Além de leite.

– O quê?

– Quando você me abraça. Forte. Aperta meu corpo como se não quisesse me deixar partir. Ou deita em cima de mim.

Ele fica calado.

– Sério?

– Eu não brincaria com uma coisa dessas. Há algo na pressão que você faz sobre meu corpo que me ajuda a sair desse estado dormente – ela espera. Tem esperanças de que não tenha de lhe pedir aquilo na lata.

Não precisa.

A VERGONHA COM DURBIN

15 de fevereiro de 2006, 20h04

Janie estaciona na entrada de carros da casa do Sr. Durbin.

Cabel está estacionado a meia quadra dali, com binóculos e uma boa visão da janela lateral da grande sala.

Baker e Cobb formaram sua base de tocaia.

Janie não está usando escuta.

Ninguém espera que algo aconteça.

Não logo de cara.

O Sr. Durbin é esperto demais para arruinar o lance.

Ela pega seus livros e caminha até a porta da frente. Toca a campainha.

Ele abre a porta. Não com tanta rapidez. Nem tão devagar. Convida-a para entrar.

Ela tira o casaco e entrega-o a ele. Janie está vestindo calça jeans e uma camiseta transparente com um bom decote e uma blusinha leve e fina por baixo – uma combinação que não seria permitida na escola.

Ele está com uma calça de moletom e uma camiseta da Universidade de Michigan.

Suando.

– Acabei de terminar minha malhação – diz ele, colocando uma toalha em volta dos ombros. Indica a ela a mesa da cozinha.

– Que casa grande! – diz ela. – Perfeita para uma festa.

– Por isso a comprei – diz ele. – Gosto de ter um lugar para os alunos se divertirem e dormirem aqui de vez em quando – ele pega uma garrafa de água, oferece outra a ela e diz: – Organize suas coisas. Vou tomar um banho de três minutinhos. Já volto.

Janie revira os olhos enquanto ele sai andando e, de repente, percebe.

Ele se foi.

Ela caminha com passos ágeis e sem fazer barulho pelo piso principal da casa, dando uma olhada nas coisas. Ouve a água do chuveiro escorrendo.

Dois quartos e um banheiro ao final do corredor, depois da sala grande. Um escritório, após a área da cozinha, com todo tipo de quadros de química, de temas científicos, além de livros e frascos. E uma suíte principal, que é onde ele está tomando banho. Ela dá uma espiadinha rápida. É um quarto grande com uma cama *king-size* e algumas peças de roupa espalhadas. No criado-mudo, uma revista pornô.

Ela se move com rapidez de volta à mesa da cozinha, quando ouve o chuveiro sendo desligado. E fica lá, sentada, parecendo concentrada em suas anotações, quando ele retorna. Agora ele veste uma calça jeans e uma camiseta branca, à la James Dean. Só falta o cigarro na mão.

Ele atravessa a grande sala, fechando as persianas. Janie encolhe-se de medo por dentro, sabendo que Cabel deve estar irritadíssimo agora. Mas ele prometeu à Capitã que se controlaria e sabe que ela não vai deixar que continue no caso, se não agir conforme as normas, por sua proximidade emocional no caso em questão. Janie acha que ele vai se controlar.

– Bem, garota, qual é o problema? – pergunta Durbin, enquanto vai andando de volta na direção da mesa. Senta-se na cadeira ao lado da dela, passando os dedos pelos cabelos molhados.

– Garota? – ela ri. – Tenho 18 anos.

– Desculpa. O que eu estava pensando... Ahhh – diz, inclinando-se para a frente, para olhar as anotações dela. – Gases venenosos – ele esfrega as mãos, com alegria. – Emocionante, né?

Ela vira-se e olha para ele.

– Bem, é interessante. Mas não entendo como isso... – ela aponta para a anotação com o lápis – ... resulta nisso. Não faz sentido.

– Ahm – ele responde, tirando o lápis dos dedos dela lentamente. – Vamos começar do começo.

Ele vira o papel e escreve equações no verso, com ar de perito. Assobia de leve, bem baixinho mesmo, enquanto prossegue com a tarefa. Janie inclina-se para a frente, como se precisasse ver melhor, um centímetro de cada vez, até que ele começa a escrever mais devagar.

Cometendo um erro ou outro.

Apagando.

Mexendo-se em seu lugar.

Ela para de se mexer e faz um sinal de concordância com a cabeça, bem de leve. Total, completa, impressionantemente fascinada pelo barulho da escrita feito pelo lápis que ele segura.

Ela toma um gole de água da garrafa que ele ofereceu, e o único som que se ouve no local é o dela engolindo a água.

Ela observa como o pomo de Adão dele se move para cima e para baixo, por reflexo.

– Certo – diz ele, por fim.

Ele explica a equação, que ocupa meia página, do começo ao fim, e Janie está voltada para ele, com o cotovelo na mesa e os dedos em seus cabelos, concordando com a cabeça, pensando, esperando.

– Acho que saquei! – Janie responde quando ele termina de explicar.

– Agora você tenta fazer – diz ele, olhando para Janie.

Ele pega o papel e coloca debaixo do caderno dela, esbarrando de leve em seus seios com o antebraço. Ambos fingem não notar.

Janie arranca uma folha em branco de seu caderno e começa a partir da equação inicial. Inclina-se sobre o papel, de forma que seus cabelos caem para a frente de seu ombro. Após um momento, ele empurra os cabelos dela para trás. Os dedos dele ficam um pouquinho além do necessário na nuca de Janie.

– Não consigo ver – ele explica.

– Desculpa.

Ela joga os cabelos para o outro lado do pescoço, e sente que ele está olhando para ela. Janie hesita no meio do processo. Pensa profundamente nisso.

– Espera – ela murmura –, não me fala.

– Tudo bem – diz ele, baixinho. Ele está inclinando-se sobre ela, com seu hálito no ombro de Janie. – Demore o quanto for preciso.

– Nunca vou sacar essa – diz ela.

Os dedos dele encostam de leve nas costas dela.

Ela finge não perceber.

Janie calcula seus movimentos, tentando entrar na mente de alguém que aceitaria tais avanços de boa vontade. Decide que tal pessoa não faria praticamente nada, para não ter problemas e, então, dá um curto respiro. Mexe o lápis de novo, e, em seguida, depois de um instante, atreve-se a dar uma olhada de relance para ele revelando, com tal olhar, tudo o que Durbin deseja saber.

– Que tal? – diz ela, apontando para o exercício que acabou de fazer.

– Está bom, Janie. Perfeito.

Ele descansa sua mão no meio das costas dela.

Ela sorri e olha para o exercício por um momento, depois, começa a reunir seus livros lentamente.

– Bem, obrigada, Sr. Durbin, por, ah, sabe... me deixar invadir assim sua noite.

Ele anda, acompanhando-a até a saída. Ele se inclina na direção da porta, com a mão na maçaneta.

– O prazer foi meu – diz ele. – Espero que você possa vir aqui de novo, um dia desses. Só me mande um e-mail. Darei um jeito.

Ela dá um passo na direção dele, vai abrir a porta para poder ir embora, mas ele ainda está segurando a maçaneta. Encurralando-a.

– Janie – diz ele.

Ela se vira.

– Sim?

– Ambos sabemos, não? – diz ele. – Porque você quis vir aqui hoje à noite.

Janie engole em seco.

– Sabemos?

– Sim. E não se sinta mal com relação a isso. Porque me sinto atraído por você também.

Janie pestaneja. Fica corada.

– Mas – ele continua –, não posso me envolver em um relacionamento com você enquanto for minha aluna. Isso não é certo. Mesmo que tenha 18 anos.

Janie fica em silêncio, olhando para o chão.

Ele ergue de leve o queixo dela. Seus dedos ficam por um bom tempo no rosto dela.

– Mas, logo que você se formar – diz ele, olhando nos olhos dela –, a história muda.

Ela não consegue acreditar naquilo.

E depois consegue.

É assim que ele mantém as alunas caladas.

Culpando-as.

Ela sabe o que dizer.

Saber o que dizer é o que deixa Janie com vontade de vomitar nos sapatos dele.

– Sinto muito – diz ela. – Estou tão envergonhada.

– Não fique – diz ele, e Janie sabe que ele deseja que ela sinta vergonha.

Ela espera por isso. Espera pela fala que sabe que virá em seguida, desse canalha egocêntrico. Resiste à imensa vontade de dizer primeiro.

– Acontece o tempo todo – ele diz.

Ela consegue transformar seu medo interior em um sorriso triste, e sai sem dizer mais nada, embora esteja tentada a levar a ceninha até o fim, gritando: "Sou tão tola!".

Cerca de quatro segundos depois de ela sair com o carro da garagem da casa de Durbin, o celular toca. Ela espera até que esteja fora do campo de visão da casa dele antes de atender.

– Estou bem, Cabe.

– Tá. Te amo.

Ela ri.

– É isso?

– Estou tentando me comportar como um bom tira.

– Ele é esperto. Estou indo para casa. Quer passar lá para saber os detalhes?

– Sim!

– Vou ligar para o Baker agora e, depois, para a Capitã. Encontro você na minha casa.

Janie faz os telefonemas, relatando os eventos, e a Capitã certifica-se de que ela tome conhecimento de que este é um caso clássico de uma "merda de síndrome egomaníaca de autoridade".

Ela mesma inventou o termo.

E então, a Capitã diz:

– Não estou tão preocupada com a viagem para a feira de química, já que você estará com a Sra. Panquecas o tempo todo, mas tome muito cuidado nessa festa, Janie. Imagino que ele faça as garotas ficarem bêbadas, possivelmente aproveitando-se delas enquanto acontece a festa. Mantenha seu bom-senso alerta.

– Farei isso, Capitã.

– E faça algumas pesquisas sobre drogas relacionadas a estupros em encontros, são conhecidas como "Boa-noite, Cinderela". Tenho alguns panfletos sobre isso que quero que você leia.

– Sim, senhor.

21h36

Janie chega em casa, fervendo com um recém-adquirido ódio pelo Sr. Durbin. Que manipulador! Ela gostaria de entrar no sonho dele um dia desses. Transformá-lo em um pesadelo.

Dez minutos depois, Cabel entra e olha para ela de cima a baixo. Abraça-a.

– Sua blusa está com o cheiro da loção pós-barba dele – diz Cabel, apertando os olhos. – O que aconteceu?

– Fiz meu trabalho – diz ela.

– E o que ele fez?

– Aqui. Senta aqui. Faz de conta que está fazendo os exercícios com fórmulas de química.

Ela repete a cena para ele.

– Filho da puta!

– E então ele tentou dizer que eu era uma garota má por pensar que algum dia ele ia querer me tocar. Mesmo ele tendo acabado de fazer isso.

Cabel fecha os olhos.

– Certo – diz ele, concordando com a cabeça –, é assim que ele faz com que elas não digam nada.

– Exatamente o que pensei, enquanto ele estava sendo todo arrogante comigo, enquanto ficou lá inclinado-se na frente da porta, para que eu não pudesse cair fora.

Cabel caminha de um lado para o outro.

Janie dá um grande sorriso.

– Vou dormir. Pode sair quando tiver acabado de digerir os fatos.

17 de fevereiro de 2006, 19h05

Janie está sentada no chão da sala de estar da casa de Desiree Jackson, no grupo de estudos. Algumas colegas de classe de química 2 estão à sua volta. Começam imediatamente a trabalhar em suas fórmulas.

Sempre que alguém traz à tona o nome de Durbin, as outras garotas ficam falando sobre ele com total entusiasmo. Janie disfarça, fazendo uma pergunta aqui, outra ali, sobre Durbin, casualmente, no meio das conversas, com o máximo de cuidado. Mas ninguém tem nada de ruim a dizer sobre ele.

22h12

Janie reúne seus livros e suas anotações e vai para casa sem nada além de análises empolgadas a respeito do Sr. Durbin. Todo mundo ama o cara.

Uma noite de estudos perdida. Ela já sabe aquilo de cor.

PÉ NA ESTRADA

19 de fevereiro de 2006, 12h05

Está nevando.

Muito.

Os alunos de química reúnem seus projetos e suas malas na van para quinze passageiros, no estacionamento da escola, enquanto o Sr. Durbin anda de um lado para o outro, lá fora, com as mãos enluvadas, segurando um celular não muito perto do ouvido. Seus cabelos estão espessos por causa da neve. Ele fala rápido, e suas palavras vão morrendo com o vento enfurecido.

Todo mundo vai entrando na van, na maior confusão, animados e nervosos. Os alunos ficam reunidos nos três primeiros grandes bancos da van.

Menos Janie.

Janie fica no quarto banco.

Sozinha.

Tremendo.

A Sra. Panquecas, coberta com um casaco de inverno lilás, comprido e volumoso, espia, ansiosa, pela janela da frente do lado do passageiro, olhando para o Sr. Durbin e para a neve que vem com rajadas bem fortes de vento.

– Deveríamos cancelar a viagem – murmura ela para ninguém especificamente. – Só vai ficar pior assim que seguirmos para o norte e o oeste. Os efeitos do lago.

Os alunos falam em vozes sussurradas.

Janie implora para que o tempo melhore. Por mais que odeie essas viagens da escola, sabe que precisa ir nessa.

Finalmente, o Sr. Durbin assume seu lugar no banco do motorista, soltando um sopro por causa da neve e do vento frio e congelante. Ele dá partida na van.

– A secretária da feira diz que o tempo está limpo e ensolarado lá no norte – ele diz. – E os últimos relatos sobre as condições do tempo apontam para essa neve como algo isolado, na parte sul do estado de Michigan. Assim que passarmos por Grayling, já deveremos ver o céu limpo.

– Então vamos? – pergunta a Sra. Panquecas, nervosa.

O Sr. Durbin pisca para ela.

– Ah, sim, minha cara. Vamos. Coloque o cinto de segurança – ele começa a dirigir a van e vai abrindo caminho pelo estacionamento cheio de neve. – Lá vamos nós!

Os alunos soltam gritinhos, mostrando sua alegria. Janie sorri e confere se seus suprimentos estão na mochila. Tem tudo de que precisa para aguentar as próximas trinta e seis horas. Ela começa a ler *Harry Potter e a Ordem da Fênix*, com sua luminária para leitura, e mergulha na história.

17h38

Passam-se mais de cinco horas até chegarem a Grayling, quando a viagem deveria ter levado três. Mas, ao menos, parou de nevar. A van da escola avança com dificuldade e entra no estacionamento de um Wendy's[7].

– Comam rapidinho e voltem para cá – grita o Sr. Durbin. – Temos seis horas pela frente. Teremos de arrumar as coisas bem cedinho pela manhã; eles fecham o ginásio à meia-noite e reabrem às seis da manhã. Sugiro que tentem dormir um pouco na van, pessoal.

Janie vai com o pessoal.

Fica bem longe de Durbin. Ela ainda está "pê da vida" com o lance daquela noite na casa dele, embora saiba que deve superar seu desprezo. Bem engraçado é que Durbin parece rodear e secar Janie, ainda mais, quando ela tenta evitá-lo.

Ele acompanha o passo dela, quando entram no restaurante, mas ela o ignora e segue na direção do banheiro.

Todo o resto do pessoal vai ao banheiro também.

Janie liga para Cabel.

– Oi, ah, mãe – diz.

Cabel ri por causa do "mãe".

– Olá, querida. Conseguiu atravessar a nevasca?

– Sim. Com bastante dificuldade – Janie abre um grande sorriso ao telefone.

– Alguma coisa já?

– Nadinha, não ainda. Ainda temos seis horas de estrada pela frente. Essa vai ser uma noite longa.

– Se aguenta aí, docinho. Sinto sua falta.

– Eu... eu te amo também, mãe.

---

7 Wendy's Old Fashioned Hamburgers é uma franquia internacional de fast-food. (N.T.)

– Ligue-me quando tiver uma oportunidade. Ou se acontecer alguma coisa.

– Ligo sim.

– Te amo, Janie. Se cuida.

– Vou me cuidar. A gente se fala em breve.

Quinze minutos depois, estão todos de volta à estrada.

Ninguém dorme.

Faz sentido, pensa Janie.

Ela tira um cochilo enquanto pode.

0h10

No quarto do hotel, com Janie, estão outras três garotas. Stacey O'Grady, Lauren Bastille e Lupita Hernandez. As quatro conversam e dão umas risadinhas suaves por uns minutinhos, mas, ficando cansadas, acabam se jogando na cama, acionando o despertador para tocar às 5h30.

1h55

Janie é sugada para o primeiro sonho. É de Lupita, sua colega de quarto. Janie pode sentir a menina contorcendo-se na cama ao lado dela.

Elas estão em uma sala de aula. Papéis voam por toda parte. Lupita tenta como uma louca pegá-los, mas, para cada papel que ela consegue pegar, mais cinquenta caem do teto.

Lupita está histérica.

Ela olha para Janie. Janie retribui-lhe o olhar, fixando-se nela, concentrando-se.

– Ajude-me! – grita Lupita.

Janie sorri, procurando encorajar a menina.

– Mude o rumo disso, Lupita – diz ela. – Ordene que os papéis fiquem todos reunidos em uma pilha. É o seu sonho. Você pode mudá-lo.

Janie se concentra em passar a mensagem a Lupita. Lentamente, Lupita arregala os olhos. Ela estica as mãos na direção dos papéis, que flutuam suavemente até formarem uma bela pilha sobre sua mesa. Lupita suspira, aliviada.

Janie arranca-se do sonho.

Lupita não está mais se contorcendo. Sua respiração é regular, profunda, calma.

Janie solta um grande sorriso e vira para o outro lado na cama.

Espera pacientemente pelo sonho que precisa.

2h47

Desta vez, é o de Lauren.

Estão em uma sala de uma casa que parece vagamente familiar para Janie. Cadeiras dobráveis estão organizadas em um círculo. As pessoas estão sentadas e em pé por toda parte. Alguns estão rindo e caindo. Todo mundo está bebendo uma espécie de ponche de tom cor-de-rosa forte. Alguns enfiam as mãos na tigela do ponche e bebem, estalando os lábios.

Todo mundo, menos Lauren, está meio borrado. Janie não consegue distinguir nenhum rosto, não importa o quanto tente se concentrar.

No centro do círculo, Lauren dança. Ela está sem blusa e gira, cambaleando e rindo, vestida apenas com sutiã preto e calça jeans.

Alguém se junta a ela.

Ele tira a camisa e agarra Lauren.

Todo mundo bate palmas e solta gritinhos de alegria, enquanto o cara puxa Lauren na direção dele. Eles se beijam e se esfregam enquanto a música soa alto ao fundo.

Hip-hop.

Janie observa, horrorizada, enquanto o cara tira as roupas de Lauren e baixa sua calça jeans até os joelhos. O cara joga Lauren no chão, caindo por cima dela, suas bebidas se espalham para todos os lados. O restante do grupo começa a se agarrar e se beijar, tirando as roupas uns dos outros. Então, eles se amontoam sobre Lauren até que a pilha de pessoas chega até o teto. Lauren está gritando, com a voz abafada. Está sendo esmagada até a morte.

Janie está dormente. Seu corpo treme. Já foi o bastante, mas é horrível demais. Ela não consegue escapar. Tenta arrancar-se dali, mas o pesadelo é forte demais.

Janie tenta gritar, mas sabe que não consegue.

– OLHE PARA MIM! – ela grita mentalmente para Lauren. – Peça minha ajuda!

Mas este pesadelo está fora de controle. Janie não consegue atrair a atenção de Lauren. Ela não consegue sair dele. Observa, cheia de horror, enquanto Lauren luta, tentando inutilmente se livrar das pessoas que estão em cima dela, gritando:

– Não! Parem! Não!

Janie reúne toda sua força e tenta pausar o sonho. Tenta examinar minuciosamente a sala de novo. Não está dando certo.

Até que...

Com um esforço final e heroico, Janie consegue despregar seus olhos de Lauren. Olha em volta da sala.

Lá.

Na cozinha.

Rindo e bebendo, testemunhando a loucura como se assistisse a um jogo de futebol americano ou algo do tipo.

Alguém está usando um celular.

Uma expressão estranha no rosto borrado e sorridente dessa pessoa.

Quando Lauren grita, tudo fica negro. Janie fica paralisada, às cegas. Ouve Stacey perguntar, num resmungo:

– Que diabos?

Sente o suspiro de Lupita, e enfia a cabeça debaixo do travesseiro. Espera por três coisas.

Que Lauren pare de respirar assim, com tanta dificuldade.

Que sua própria visão volte.

Que sinta alguma coisa.

Qualquer coisa.

Demora um bom tempo para que qualquer das três coisas aconteçam.

A manhã chega rápido demais.

20 de fevereiro de 2006, 8h30

A equipe de química finalmente termina de montar seu estande. O projeto consiste em uma espiral de DNA, com pôsteres contendo teorias sobre como a clonagem humana pode ser feita de forma segura.

Janie não se importa muito com isso. Deixa os verdadeiros *geeks* de química fazerem todo o trabalho.

O que, provavelmente, eles prefeririam fazer de qualquer forma.

A Sra. Panquecas traz alguns *donuts,* e eles sentam e esperam os observadores e os jurados chegarem. Todo mundo parece exausto, inclusive Durbin.

Janie pede licença e vai até o banheiro.

Liga para Cabel.

Conta-lhe tudo sobre o sonho de Lauren.

O ar sombrio de ambos fica pairando no silêncio ao telefone.

– Tome cuidado – diz Cabel pela milésima vez.

– Simplesmente não consigo entender como ninguém relatou isso de uma forma séria, ou acompanhou o caso. A menos que todos estivessem muito trêbados para se lembrar – murmura Janie. – Devia ter algo naquele ponche. A Capitã me pediu para fazer um estudo sobre as drogas que compõem o "Boa-noite, Cinderela". Acho que ela acertou em cheio!

– Parece que é isso, J.

A porta do banheiro é aberta e Lupita entra, acenando alegremente para Janie.

– Tenho de ir – diz Janie baixinho, enquanto acena de volta para Lupita e desliga o telefone.

16h59

A equipe reúne as coisas do projeto. Vão embora com faixas de terceiro lugar. Nada mal para uma teoria estúpida e uma centena de zilhões de palitinhos de sorvete.

Por volta das nove da noite, todo mundo está cochilando na van. Quer dizer, todos menos Janie e o Sr. Durbin. Janie faz um tremendo esforço e se arranca de diversos sonhos ridículos. Ainda bem que, quanto mais bobos são os sonhos, mais fácil é cair fora deles.

Nos intervalos entre os sonhos, ela come lanches e tenta dormir.

Por fim, o Sr. Durbin para a van na rodovia. A galera que dormia acorda para ver o que está acontecendo.

– Minha cara Rebekkah – diz Durbin para a Sra. Panquecas –, consegue dirigir um pouco? Estou caindo de sono.

A Sra. Panquecas dá um olhar de relance, cheio de nervosismo, para o Sr. Durbin.

– Só por uma hora, mais ou menos – ele implora.

– Tudo bem – ela responde.

Durbin pula para fora da van e entra pela porta traseira deslizante. – Alguém pode ir lá sentar-se com a Sra. Panquecas, por favor? Preciso me esticar.

Ele se joga no banco de trás, ao lado de Janie.

– Hei – diz ele.

Seus olhos examinam de cima a baixo o corpo todo coberto dela.

– Oi – diz Janie, tentando parecer interessada, mas então desiste e olha pela janela, com o olhar na noite. Observa a neve começando a cair levemente em torno deles. Imagina se algo terrível está para acontecer. Ou vão descobri-la tremendo e cega por causa dos sonhos de Durbin, ou ele vai tentar fazer algo pavoroso e de dar arrepios nas profundas regiões escuras da van.

Nenhuma das opções soa como algo bom neste momento.

O Sr. Durbin estica-se e boceja. No momento em que mais de quinze quilômetros haviam sido transcorridos, ele está roncando levemente ao lado de Janie, com as pernas esticadas no corredor, a parte superior do corpo pendendo para o lado e deslizando um centímetro polegada de cada vez, na direção de Janie.

Ela está encurralada.

Deseja ficar acordada e manter controle sobre si. Consegue fazer isso por uma hora, talvez.

23h48

Janie acorda alarmada.

A van está zunindo. Todo o resto do pessoal está dormindo, exceto a Sra. Panquecas lá na frente. Todos, exaustos demais para sonhar.

Janie olha para o Sr. Durbin.

O ombro dele está encostado no dela. A mão dele, em sua coxa.

Janie fica pálida. Tira a mão dele dali. Encolhe-se mais ainda em seu cantinho e vira de costas para ele.

Ele não acorda.

Ele não sonha.

Merdinha inútil, pensa Janie.

3h09

A van para no estacionamento da Fieldridge High. Os carros de todos os alunos estão cobertos por mais ou menos meio metro de neve.

Janie dá uma empurradinha no Sr. Durbin para ele acordar.

– Chegamos – diz ela, ríspida.

Ela só quer ir para casa, se jogar na cama.

O grupo sai da van tropeçando uns nos outros.

– Vejo vocês pela manhã, radiantes e bem cedo na escola – convoca a Sra. Panquecas, enquanto todos, cansados, tentam tirar a neve dos para-brisas de seus carros.

Janie liga para Cabel.

– Hei. Fiquei acordadão, esperando por você – diz ele, soando preocupado. – É seguro você dirigir?

– Não consigo imaginar que alguém vá abrir as janelas em uma noite como esta – diz ela.

– Vem me ver.

– Em cinco minutos estou aí.

Janie cai nos braços de Cabel, exausta. Conta-lhe sobre Durbin no banco traseiro da van.

Ele a leva até o quarto, ajuda-a a vestir uma das camisetas dele e sussurra ao pé do ouvido dela, enquanto ela pega no sono:

– Você fez um excelente trabalho.

Fecha a porta do quarto.

Prepara sua cama no sofá.

Fica deitado, acordado, socando seu travesseiro sem fazer muito barulho.

21 de fevereiro de 2006, 15h35

Janie, com imensas olheiras escuras, e Cabel, com um olhar de preocupação estampado na cara, sentam-se, no escritório da Capitã. Janie serve-se de um lanche de amêndoas e leite enquanto relata os eventos da aventura da feira de química.

– Parecia um pouco a casa do Durbin – ela diz. – A sala de estar da casa dele.

– Mas você não conseguia ver o rosto de ninguém? – diz a Capitã, pressionando-a.

– Não – diz Janie. – Só o da Lauren... era ela quem estava sonhando – ela aperta as mãos uma na outra.

– Tudo bem, Janie. Sério. Você nos passou muitas informações.

– Só gostaria de ter mais.

Cabel aproxima-se dela e aperta sua mão. Bem de levinho.

Depois disso, Janie dirige até sua casa, dá uma olhada em como está sua mãe, pega o jantar e se prepara para dormir. Dorme doze horas direto.

27 de fevereiro de 2006

Cabel liga para Janie a caminho da escola.

– Estou bem atrás de você – diz ele.

– Estou te vendo – diz ela, e sorri pelo espelho retrovisor.

– Hei, Janie?

– Fala?

– Estou com um imenso e terrível problema.

– Ah, não! Não aquela micose nas unhas dos pés, que levam seis meses para se curarem?

– Não, não, não. Muito pior. São novidades chocantes. Tem certeza de que devo contar isso a você enquanto dirige?

– Estou com o *headset*. Ambas as mãos no volante. Janelas fechadas até em cima. Manda bala.

– Tá, aqui vai... O diretor Abernethy me ligou esta manhã para me contar que estou concorrendo para ser o orador da turma na formatura.

Um momento de silêncio.

Uma bufada um pouco alta.

Seguida de grandes gargalhadas.

– Parabéns – ela diz, por fim. – O que você vai fazer?

– Me dar mal em todas as tarefas, começando hoje.

– Você não vai conseguir.

– Espere só.

– Estou bem ansiosa para ver essa. Ah, sabe o que mais? Você é um saco.

– Eu sei.

– Te amo.

– Te amo também! Tchau.

Janie desliga o telefone e começa a rir de novo.

A segunda aula, de psicologia, é de dar sono. Janie faz uma pergunta ao Sr. Wang, em forma de desafio, sobre sonhos, só para tirar um sarro. Deixa-o gaguejando para não chegar atrasada na aula do Durbin.

Na semana antes da festa, Janie continua a interpretar o papel de mulher desprezada na frente do Sr. Durbin, e ele parece engolir isso. Na verdade, quanto mais ela o evita, mais ele arruma desculpas para chamá-la à mesa dele depois da aula, ou pede que ela dê uma passada na casa dele depois da escola.

Ela continua distante, e ele muda a rota que seguia para dizer algo legal a ela, sobre a prova, os experimentos, o suéter dela...

1° de março de 2006, 10h50

– Você ainda vai chegar uma hora mais cedo no sábado? – pergunta o Sr. Durbin a Janie, depois da aula.

– Claro que sim. Prometi que iria. Stacey e eu estaremos lá às seis da tarde.

– Excelente. Hei, eu não conseguiria fazer esta grande festa sem você, sabe?

Janie dá um sorriso gélido e caminha até a porta.

– É claro que conseguiria. Você é Dave Durbin!

Ela sai da sala e encaminha-se para a aula de literatura inglesa, com o velho e entediante Sr. Purcell. Ele é a síntese do caráter moral.

A sala de estudos é um completo pé no saco. Na hora em que aquilo acaba, Janie está repleta de informações sobre nada relevante. E, quando levanta a cabeça, vê as sombras de pés e pernas perto da mesa.

– Você está bem, Janie? – a voz é de Stacey O'Grady.

Janie pigarreia, e um som de algo sendo quebrado vem da seção da biblioteca à esquerda. Stacey dá um rodopio para ver o que é e fica olhando com cara de boba. Janie não consegue ver o que está acontecendo, mas logo que consegue sentir os lábios, sorri. *Cabel está aprontando alguma,* pensa ela.

Ela senta como se conseguisse enxergar e, na verdade, sua visão está voltando um pouco agora. Tosse e pigarreia de novo, e Stacey vira-se para ela.

– Nossa! Que desajeitado! Bem, eu vim até aqui para confirmar se está tudo certo, sábado, às seis da tarde?

– Tá sim – diz Janie. – Somos só eu e você indo para casa do Durbin para arrumar as coisas. Você está de boa com isso?

Stacey olha para ela inquisitivamente.

– Por que eu não estaria?

– Não faço ideia, mas todo cuidado é pouco hoje em dia, não?

Stacey ri.

– Acho que sim. Bem, já pensamos em todos os aperitivos. Espero que na casa dele tenha bastante tomadas, porque vamos levar um montão de panelas elétricas. É claro que sempre podemos usar bicos de Bunsen.

– Essa foi boa! Hei, tenho uma lista de sobremesas e lanches. Phil Klegg vai levar algo chamado "bolo de lixo", e eu simplesmente nem sei o que tem nisso.

Elas ficam de conversinha sobre a festa e a feira de química por um tempinho e, quando toca o sinal, Stacey sai correndo. Janie dá uma espiada entre as prateleiras de livros e vai furtivamente até onde Cabel está sentado, depois que a biblioteca fica vazia.

– Você está bem? – ela pergunta, soltando risadinhas.

– Eu? Ah, claro. Mas talvez você tenha de me carregar daqui para fora...

– O que houve?

– Criei uma distração.

– Isso eu entendi.

– Pisada, enciclopédias, chão.

– Entendi. Bem, nem consigo agradecer o bastante.

– Claro que consegue. Me ajuda a me dar mal em provas suficientes para não ser o orador!

– Você não pode simplesmente dizer a Abernethy que precisa manter sua reputação como um merda, e que não quer chamar a atenção?

– Ir mal nas provas é mais divertido.

Janie balança a cabeça e ri.

– Talvez nas primeiras vezes. Mas você não vai conseguir lidar com isso depois.

– Aposto que consigo.

Janie coloca as mãos nas coxas.

– Tudo bem. Depois de ir mal pela quarta vez em algum teste, ou algo mais importante, você vai se esforçar e não vai conseguir ir mal na quinta vez. Eu prevejo isso! O vencedor paga nosso primeiro encontro de verdade.

– Aposta feita! Comece a economizar seu dinheiro.

HORA DO SHOW

3 de março de 2006, 10h04

O pessoal de química 2 está bem animado e alvoroçado. Eles ficam andando para todos os lados como patetas, mais do que qualquer outra coisa. O Sr. Durbin deixa que façam isso. Eles foram relativamente bem na última prova, na feira de química conseguiram resultados mais altos do que o esperado, e todo mundo está doido para que chegue logo a festa de amanhã. O próprio Sr. Durbin está praticamente eufórico e, quando o treinador Crater para na porta por causa da comoção, enfia a cabeça para espiar a sala.

– Hum... Aí deve vir uma festa do pessoal de química 2! – comenta ele, olhando para os alunos, um de cada vez.

– Amanhã à noite, Jim – diz o Sr. Durbin. – Dá uma passadinha por lá se sua mulher deixar você sair – os dois dão risada.

Janie aperta os olhos com o comentário, mas volta a olhar para seu livro-texto. Está procurando pela fórmula – a fórmula usada no conhecido "Boa-noite, Cinderela". Não que ela encontraria a fórmula em um livro de escola. Seria uma receita para o desastre. Ainda assim, talvez haja alguma pista ali.

No entanto, quando o Sr. Durbin começa a caminhar, indo até as diversas baias, ela volta para a página da lição e finge que está lendo. O Sr. Durbin para por um momento atrás dela, mas Janie o ignora. Ele segue em frente.

Estão fazendo aula de educação física na sala de musulação há quatro semanas, aprendendo sobre as máquinas e a postura adequada para o levantamento livre de pesos. Loide chama Janie à frente para ajudá-lo na demonstração.

– Quanto peso você quer, Buffy?

Janie olha para ele.

– Bem, senhor, acho que depende do exercício que gostaria que eu demonstrasse.

– Certo! – diz ele, como se fosse uma pergunta voltada ao ensino. A expressão de Janie não se altera. – Que tal levantamento de supino? – ele pergunta.

– Pesos livres ou na máquina?

– Ah! Como é esperta! Vamos começar com os pesos livres.

Ela olha para ele por um bom tempo.

– Vai me colocar para fazer os exercícios ou não?

Ele ri para o público, como se estivesse realizando um truque de mágica.

– É claro que vou.

Janie concorda com a cabeça.

– Tudo bem então. Sessenta tá bom.

Ele ri.

– Que tal começarmos, digamos, com vinte ou algo assim?

– Sessenta está bom para levantar uma vez.

Ela se curva e começa a reunir os pesos. Os alunos estão altamente entretidos com o encorajamento do treinador Crater.

Janie trava os pesos e se deita no banco, com a barra acima do peito.

– Pronto?

Ela espera que ele a coloque no centro das atenções, e segura com firmeza a barra. Fecha os olhos. Concentra-se, respira, até que não ouve mais as distrações ao seu redor. Ela empurra a barra para cima, segura-a por um momento, depois a abaixa, certinho, até um pouco acima do peito e a pressiona para cima com toda sua força. Ela segura a barra por alguns segundos, e então vai baixando-a lentamente e colocando-a no lugar.

– Quarenta para repetições – diz ela.

Ela faz oito repetições, coloca a barra de volta no lugar quando termina, e só então se dirige para o fundo da sala. Está bem silencioso lá.

O treinador Crater está em pé, parado, olhando para ela, maravilhado, com um sorriso estúpido no rosto. Janie se vira e se senta no banco. Mais tarde, na aula, ela vai fazer metade dos exercícios do dia. Saiu ganhando.

– Babaca – murmura para o treinador Crater, quando vai embora ao final da aula.

– O quê!?

Ela continua a andar.

Depois de cinco minutos na sala de estudos, uma bola de papel vinda de Cabel acerta-a na orelha. Ela revira os olhos. Abre o papel.

Stacey, é o que está escrito nele.

Janie levanta os olhos. A cabeça de Stacey está apoiada em seus livros. Os olhos dela estão fechados. Janie morde o lábio e acena para Cabel com a cabeça. Ele sorri para ela, encorajando-a.

Seu sangue ainda está pulsando devido à aula de educação física. Ela se sente forte. Dormiu bem, alimentou-se bem... está tudo funcionando a seu favor. Agora, tudo que ela precisa é que Stacey...

Ela agarra a mesa, e estão no carro de Stacey. A garota está dirigindo com fúria, como antes. No banco de trás, o rosnado, o homem, as mãos dele apertando o pescoço de Stacey.

Janie imagina se esta é a melhor oportunidade que terá, ou se deveria esperar. Decide aproveitar, pois Stacey poderia acordar antes de chegarem ao bosque.

Stacey está dirigindo imprudentemente. Janie se concentra e aperta suas mãos, cerrando os punhos, bombeando sangue antes que fiquem dormentes, concentrando-se para pausar o sonho. A velocidade do sonho está diminuindo, e Janie tenta virar-se para olhar para o homem. Mas o sonho volta à sua velocidade normal. Ela não consegue fazer os dois de uma vez. Janie concentra-se novamente em pausar a cena e sabe que seu poder tem limites. Um bom impulso de energia, e a cena fica lenta e para. Ela continua perfeitamente concentrada, vira-se devagar, calmamente. Vê o olhar de horror estampado no rosto de Stacey, vê as mãos do homem em volta do pescoço dela, os braços dele. Então, lentamente, bem lentamente, vira-se para ver o rosto do homem.

Ele está usando uma máscara de esqui.

Janie perde a concentração, e o sonho volta à sua velocidade regular de novo. Maldição! Batem na vala, nos arbustos; o carro gira até parar. Stacey, sangrando, sai do carro pela janela quebrada e corre, com o estuprador seguindo-a, na direção do bosque. Janie tenta novamente pausar o sonho quando ele a agarra. Tenta com toda sua força. Mas não consegue. O estuprador pega Stacey, ela tropeça, ele cai por cima dela, e então, o sonho é abruptamente interrompido no mesmíssimo ponto em que sempre acaba.

Ela queria ter ajudado Stacey a mudá-lo. Da próxima vez, quem sabe.

Para falar a verdade, ela espera que não exista uma próxima vez.

Quinze minutos depois, quando consegue enxergar e mover-se novamente, a biblioteca fica vazia com o fim da aula, Cabel passa um tempinho apertando a mão de Janie, de leve, e ela nem consegue explicar o quão maravilhosa é aquela sensação. Ele caminha com ela até o estacionamento, leva-a até em casa, volta para pegar o carro dela, como da outra vez, enquanto ela come e bebe algo, e adormece no sofá.

Ele está lá quando Janie acorda. Lendo um livro, com os pés na mesinha de centro.

– Hei – diz ela. – Que horas...?

– Passou um pouquinho das 20h. Como você tá?

– Bem – diz ela.

– Sua mãe está aqui?

– No quarto dela, como sempre.

Cabel faz um aceno com a cabeça.

– A Capitã quer encontrar a gente de manhã, para repassarmos o que vai ser feito amanhã à noite.

– É, imaginei que seria isso.

– Estou preocupado com você, Janie.

– Em relação ao sonho? Só ficou pior porque dei pausa nele.

– Você fez isso? Legal!

– É. Mas não vi nada.

– Ah, bem. Na verdade, estou preocupado mesmo é com amanhã à noite.

– Por favor, não fique. Serão dezoito alunos lá, Cabe. Não vou ficar bêbada. Ficarei com uma cerveja ou algo do tipo na mão, para não levantar as suspeitas de Durbin, mas vou só fingir que estou bebendo. Vou comer bastante também antes de ir.

– Espero que a Capitã tenha um plano B, caso você precise fugir. Estará com seu celular?

– Sim, sim. E tudo que preciso fazer para te ligar é apertar um só botão.

– Estarei por perto.

– Não tão perto, Cabe, tá?

Cabel joga seu livro sobre a mesa.

– Você ainda pode dar para trás nisso, você sabe, né, Janie?

Janie suspira.

– Cabe, me escuta... Eu-não-quero. Eu quero fazer isso. Quero fazer com que este cara pare! Por que você não consegue entender isso?

Cabel encolhe-se de medo.

– Não consigo evitar. Não tolero nem mesmo pensar naquele pervertido tocando em você, Janie. E se algo acontecer com você? Deus, eu simplesmente odeio isso.

– Eu sei – Janie puxa a blusa até o cotovelo e senta. A última coisa que ela quer agora é uma briga. Muda de assunto. – Ethel já voltou para casa?

– Sim, está na sua garagem.

– Obrigada. Não sei o que eu faria sem você.

– Se eu fosse você, não me preocuparia com isso.

Janie inclina-se, apoiando-se nele. Acaricia sua coxa com as pontas dos dedos.

– Por que você aguenta isso?

Cabel relaxa e torce uma mecha do cabelo de Janie.

– Bem, dã... Porque um dia você vai ficar rica e famosa, aposto que sim. Seu próprio programa na TV, pessoas jogando dinheiro para você, pedindo que mude os sonhos delas. Estou esperando o dinheiro vir. Depois disso, caio fora.

Ela ri.

– Contei para você que fiz levantamento de supino de sessenta quilos na aula de educação física hoje? E aí eu chamei o treinador Crater de babaca.

Cabel dá umas gargalhadas estrondosas.

– Ele é um babaca! E sessenta é provavelmente um recorde nacional ou algo assim. É quase mais do que você pesa.

– O recorde nacional é de mais de cento e dez para a categoria da minha idade e do meu tamanho. Mas eu vou conseguir.

Eles conversam durante uma hora, e Cabel dirige até sua casa. Amanhã, eles vão encontrar-se novamente no escritório da Capitã.

Depois que Cabel vai embora, Janie pega seu livro de química, faz uma busca em um capítulo, com curiosidade, usa o celular para fazer buscas na internet por uma hora mais ou menos, até que acha as informações que está procurando a respeito das drogas usadas no "Boa-noite, Cinderela", e vai dormir.

4 de março de 2006, 9h

Baker e Cobb juntam-se a Cabel e Janie no escritório da Capitã. Janie se apresenta a Cobb e diz "olá" de novo a Baker.

A Capitã revê o cronograma para a noite. Janie chegará às seis da tarde com outra garota. O restante dos convidados chegará às 19h.

A Capitã dá a Janie um isqueiro sexy e fininho, um dos mais populares, do estilo antiquado do "abre a tampa e acende".

– Não é um isqueiro de verdade, Janie. Se você abrir o *flip*, ele envia um sinal de pedido de ajuda a Baker e Cobb, que estarão do lado de fora da casa. Eles vão ligar para o seu celular primeiro, só para o caso da tampa ter aberto por acidente. E não entre em pânico se isso acontecer. Responda que foi por engano. Mas tente manter o isqueiro em seu bolso e tudo ficará bem. Caso não consiga atender a ligação, eles vão ligar novamente. Se você não atender, eles vão entrar para te procurar.

Ela resumiu:

– Em outras palavras, se estiver com problemas, abra o flip do isqueiro. Coloque seu celular no vibracall e deixe-o em seu sutiã ou em sua calcinha, se preciso for, mas você deve atender ao telefone se não houver nada errado. Se não o atender, eles vão presumir que você está com problemas. Isso está perfeitamente claro pra você?

– Sim – diz Janie.

– Bom. Vamos conversar sobre bebidas. Acredite em mim, Durbin prestará atenção para ver se todo mundo tem uma bebida na mão.

Janie olha para ela com suspeita.

– Você não vai me prender, nem nada do tipo, se eu estiver segurando uma bebida, vai?

A Capitã levanta uma das sobrancelhas.

– Não, a menos que você faça algo estúpido. Mas acho que deveria carregar uma bebida na mão, sim, para não levantar suspeitas de ninguém. Mas não a encorajo a beber no trabalho.

– Certo... e não largar minha bebida em momento algum, certo? Sem barril de cerveja, sem tigela de ponche, nada de bebidas misturadas.

A Capitã concorda com a cabeça, impressionada.

– Você fez muito bem sua lição de casa, posso ver isso. Bom trabalho.

Ela pega um pequeno pacote, uma espécie de kit para testar se há drogas usadas em um "Boa-noite, Cinderela", de dentro da gaveta de sua mesa e entrega a Janie.

– Está familiarizada com isso?

Janie sorri, enfia a mão dentro de sua bolsa e puxa um pacote idêntico.

– Excelente! – assente a Capitã. – Cabel. Qual é o seu trabalho?

– Observar com agonia, senhor.

A Capitã segura um sorriso.

– Eu faria com que você ficasse em casa se não soubesse que daria uma escapadinha de qualquer forma. Enquanto estiver observando em agonia, sinta-se livre para fazer anotações sobre quem chega e quem sai que não esteja na lista.

– Obrigado – diz Cabel timidamente.

– Baker e Cobb, o procedimento está claro para vocês?

– Sim, senhor – dizem eles juntos.

– Ótimo. Vocês dois podem ir.

Baker e Cobb dão um tapinha de leve nas costas de Janie, como se ela fosse um dos caras, fazem um sinal de positivo com o polegar levantado e dirigem-se até a saída. Janie abre um grande sorriso.

A Capitã se dirige para Janie.

– Hoje não é a noite certa para ser sugada para dentro do sonho de qualquer pessoa bêbada. Tente ficar tranquila e no comando se conseguir. Caso não dê, lidaremos com isso depois. Eu realmente entendo que você não consegue controlar as ações de outras pessoas, então, não entre em pânico se acabar sendo sugada para sonhos e ficar presa.

Janie faz que "sim" com a cabeça.

– E se cuide. Siga seus instintos. Você é esperta. Tem um excelente senso intuitivo. Use-o como já fez antes, e sairemos dessa totalmente bem. Tudo certo?

– Sim, senhor.

– Alguma pergunta?

–Não.

– Bom. Ligue-me se tiver algo a perguntar – diz a Capitã.

– E, Janie, nunca estive tão compremetida antes quanto estou agora. Use o isqueiro do pânico se precisar. Não vire mártir e nem pense que consegue lidar com esta missão sozinha. Trabalhamos como uma equipe. Entendido?

– Entendido. Estou pronta, senhor.

– E um lembrete. Isso pode até ser uma festa comum. Nossa meta é encontrar e prender um predador sexual. Não quero prender o cara por servir umas bebidas a menores. Sempre podemos fazer isso numa próxima vez. Como eu disse, use sua intuição e seu melhor julgamento.

– Farei isso.

– Cabel. Alguma pergunta?

– Não, senhor.

– Saiam daqui então. Vejo vocês em algum momento dentro das próximas vinte e quatro horas, espero. Maldição, odeio este trabalho!

10h09

Janie prepara suas barrinhas com licor de menta e coloca-as no congelador, depois prepara o almoço. Cabel dá uma passada por lá e fica andando, atordoado, pela casa, inutilmente, incapaz de pensar em alguma coisa. Janie finalmente manda-o ir embora.

– Tome cuidado, baby – ele diz, beijando-lhe o topo da cabeça.

Janie está calada.

E ele se foi.

14h32

Janie acende sua vela de relaxamento e senta-se em sua cama, limpando a mente, meditando. Preparando-se. Revê mentalmente suas folhas de perfis. Todos os eventos que levaram ao dia de hoje. E, então, sua mente vai vagando até o sonho no carro de Stacey. Ela analisa-o, passo a passo. Ela sabe que há uma conexão entre o sonho e o Sr. Durbin, mas como? O Sr. Durbin realmente a estuprou? Janie pensa em Lauren. Gostaria de ter conseguido concentrar-se nos rostos do sonho dela, mas eles estavam borrados, impossível reconhecer algum. E se Lauren tem pesadelos em relação à festa, por que ela não tem receios, nem reservas, nem total desprezo pelo anfitrião? Por que a pessoa que fez a ligação anônima não acompanhou o caso, fazendo outra ligação para o Delatores Anônimos de Crimes?

Ela tira um cochilo leve durante uma hora, tentando descobrir se há uma conexão entre os sonhos e a festa desta noite.

Ela mesma diz que não.

Quando acorda, Janie toma um banho e coloca sua calça jeans apertada e um suéter com decote "V" bem grande. Acrescenta um pouquinho de maquiagem e prende seu cabelo atrás da nuca, bem embaixo, com uma fita, deixando uns poucos fios soltos para emoldurarem seu rosto. Ela pega um lanche e um copo de leite, servindo-se bem e rapidamente deles, depois, escova os dentes. Passa gloss nos lábios.

É chegada a hora do show.

17h57

– Estou saindo de casa com o carro. Vejo você depois – diz Janie.

– Se tiver uma possibilidade de me ligar... em segurança... sabe... – a voz de Cabel está marcada pela ansiedade.

– Farei isso se puder. Te amo, Cabe.

– Amo você, Janie. Se cuida.

Eles desligam. É uma noite cálida para o início de março, e a neve já se foi, deixando em seu lugar quintais lamacentos, poças e buracos cheios d'água por toda parte. Janie estaciona na rua, confere as coisas em seus bolsos duas vezes, pega sua sobremesa e respira fundo. Depois, tira seu casaco e joga-o no banco do passageiro. É sempre bom ter uma desculpa para sair da casa. Ela comprou um maço de cigarros antes de ir para lá e deixa-os no bolso do casaco.

Janie fecha os olhos por um momento, encarna seu personagem e sai do carro. Vê a traseira da minivan, tipo aquelas de "mãe que carrega todo o time de futebol no carro", piscando as luzes do freio para ela. Por algum motivo, isso a deixa tremendamente mais confiante. Janie sorri na direção da van, sabendo que eles podem vê-la com seus potentes binóculos. Cobb está estacionado na rua seguinte, com uma visão parcial da parte detrás da casa. Ela não procura por Cabel, mas sabe onde ele está: ali na esquina.

Ela bate a porta do carro com força e caminha pela garagem, em direção à escadaria, na entrada da casa de Durbin, esperando que Stacey apareça logo. Bate à porta e ouve passos. O Sr. Durbin abre a porta e leva-a para dentro.

– Hei, Janie – ele diz, deixando-a entrar e fechando a porta atrás dela.

– Está bonito, Sr. Durbin – diz Janie com um grande sorriso, olhando de relance pelos arredores. Ele mudou os móveis de lugar, colocou cadeiras dobráveis extras e acrescentou duas mesas de jogos de cartas na grande área da sala.

– Você também, Janie – diz ele, olhando-a de cima a baixo. – Pode me chamar de Dave fora da escola, você sabe, né?

Ela se vira e dá a ele total atenção, observa os olhos dele movendo-se para olhá-la na altura dos seios.

– Dave – ela concorda –, eu deveria manter isso aqui refrigerado – diz, mostrando sua sobremesa. – Se importa se eu der uma fuçada na sua cozinha para saber onde achar as coisas? Imagino que possa ajudá-lo com a distribuição de comida e bebida, quando todo mundo já tiver chegado.

– Fique à vontade – diz ele. Sem nenhuma pontinha de apreensão.

Já marcou um ponto, pensa Janie. Ele segue-a e mostra onde guarda os pratos extras, assim como copos, talheres e guardanapos.

– A geladeira está cheia de coisas, tudo bem apertado – explica –, mas há espaço na prateleira de baixo, se você mudar algumas garrafas de cerveja de lugar. – Ele fica em pé, parado atrás dela, enquanto ela se curva e enfia sua sobremesa dentro da geladeira. – Quer uma cerveja ou algo assim? Estou preparando um ponche também.

– Vai beber uma? – ela pergunta.

– Com certeza.

Na geladeira – o que mais poderia ser? – há duas fotos do próprio Sr. Durbin presas por um ímã. O ímã do disque denúncia do Delatores de Crimes da Fieldridge. O coração de Janie sente um golpe. Ele se ferrou, ela percebe, pensando na pessoa, anônima, com rosto borrado, na cozinha, fazendo o telefonema.

Rapidamente, Janie pega duas garrafas de cerveja, e Durbin mostra a ela onde está o abridor, no momento em que, do corredor, surge ninguém mais, ninguém menos que o Sr. Wang. Ele está com os pés descalços e com os cabelos molhados.

– Sr. Wang – diz Janie, controlando sua surpresa. – Não sabia que o senhor estava aqui.

– Senhorita Hannagan – diz, com um aceno de cabeça.

O Sr. Durbin abre um grande sorriso.

– Tão formais, vocês dois. Chris, Janie – ele diz. – Janie, pega uma cerveja para o Chris, por favor? Tenho de ir preparando este ponche. O Chris chegou mais cedo para me ajudar com as mesas e as cadeiras, mas acabamos, em vez disso, começando um jogo, um contra o outro, um pouco competitivo. Basquete – ele acrescenta.

– Entendi. Bem, é bom ver você, Chris – ela pestaneja, e ele parece nervoso.

– Digo o mesmo, Janie.

Janie entrega uma cerveja ao Sr. Wang. Ele olha ao redor da sala para ver o que precisa ser feito e, por fim, ao acaso, vai até o aparelho de som e começa a procurar alguma coisa entre os CDs.

– Vou assumir meu lugar de sempre, como DJ – diz ele.

A campainha toca e Stacey vai entrando, com um gritinho agudo de 'Uuh-huuu!'. Janie levanta, mentalmente, sua sobrancelha.

– Hei, Stacey! – diz Janie, quando Stacey leva a panela elétrica até a cozinha.

– Janie! – Stacey já está cheirando a cerveja. – Você já está pronta para cair na gandaia?

O Sr. Wang põe Coldplay para tocar e aperta o *play*.

– Agora estou – diz Janie, segurando sua cerveja.

Imagina o quão doidona a festa precisará ficar para que Wang comece a tocar *hip-hop*.

Ela pega os copos de papel e os guardanapos para as bebidas e leva-os até a grande sala, onde Durbin está despejando um pouco de suco de amora dentro de uma tigela de ponche, que já tem um líquido claro dentro dela. Ele acrescenta uma garrafa do refrigerante *Ruby Red Squirt* à mistura, enquanto Janie arruma as coisas na mesa. Depois, ele vai até a pia para pegar um pouco de gelo e coloca-o dentro da tigela também.

Janie abre o pacote de guardanapos e arruma-os em forma de espiral.

– O que colocamos na outra mesa? – ela pergunta.

O Sr. Durbin mexe o ponche com a concha.

– Pensei em colocarmos alguns lanchinhos lá. Quer se encarregar disso?

Ele pega um copo e despeja um pouco do ponche dentro dele, experimentando-o, assentindo com a cabeça em sinal de aprovação.

– Certo. Vi algumas coisas no balcão. Vou pegar as tigelas para servir os lanches e colocar essas coisas aqui.

– Tenho um aventalzinho que você pode usar, se quiser – ele diz, em meio ao barulho da música, de forma que somente ela o ouve.

Janie levanta a sobrancelha e dá uma olhada de relance para ele. Ele está com um grande sorriso na cara.

Stacey aproxima-se da mesa do ponche.

– É a mesma coisa que vocês fizeram na última festa, Dave? E se for, eu deveria provavelmente experimentá-lo, não acha? – ele olha para ela com ar de inocência.

– Claro! – diz ele, enchendo um copo para ela.

Janie vai até a cozinha e começa a distribuir os lanchinhos em tigelas de diversos tamanhos. Quando ela as leva até a mesa, Wang está virando um copo de ponche também.

– Quer um pouco, Janie? – Durbin oferece a ela um copo.

– Depois da minha cerveja – diz ela com um grande sorriso. – O que tem nisso aí, afinal?

– Só um pouquinho de vodca. Não dá nem para sentir o gosto – diz ele.

– Mas dá para sentir o efeito – diz Stacey, soltando risadinhas.

Wang está começando a se soltar agora e, por volta das sete da noite, Sr. Durbin, Sr. Wang e Stacey estão conversando, bem alegres e confortáveis uns com os outros.

Janie tira proveito do momento para jogar um pouco da sua cerveja dentro da pia, antes que a campainha comece a tocar sem parar durante a próxima hora. Ela banca a anfitriã.

20h17

Todo mundo já chegou, e a festa está começando a entrar no ritmo. Janie trabalha na cozinha, arrumando os pratos conforme as pessoas vão levando-os até lá. Espalha os aperitivos na mesa de jantar e, em certo momento, usa a desculpa de procurar uma extensão para fazer sua missão de reconhecimento nos outros aposentos da casa.

Ela sai da cozinha, está no escritório/covil dele, quando o Sr. Durbin a encontra.

– O que você tá fazendo, coisa gostosa?

Ela se vira para ele e sorri, ocultando sua culpa por estar bisbilhotando.

– Estou procurando uma extensão, para mantermos os aperitivos quentes. Você tem alguma?

Ele está em pé, parado, bem perto dela.

– Lá embaixo – ele diz. – Venha, vou mostrar a você – ele completa. Sua voz soa sexy.

Ela lambe os lábios, olhando nos olhos dele.

– Mostre-me – ela diz, apontando para o caminho com sua cerveja. Sente um baque forte no coração só de pensar em ir lá embaixo com o Sr. Durbin.

A porta que dá para o porão fica na cozinha. Atravessando-a, há um porão grande com um bar completo, uma TV com uma tela enorme, e dois sofás gigantescos que parecem de pelúcia. Janie segue Durbin por uma porta até uma oficina com uma pequena mesa de trabalho. Sobre ela há um bico de Bunsen e diversos frascos e béqueres. Nas prateleiras acima destes, há uma diversidade de elementos químicos. Janie caminha até as prateleiras e dá uma olhada rápida nos elementos químicos que lá estão.

– Ah, legal! Quero uma mesa de laboratório na minha casa – diz, em tom de lamento.

Ele chega por trás de Janie e coloca a mão de leve em sua cintura. Ele passa o polegar, levemente, movimentando-o para a frente e para trás em torno da cintura dela. Janie inclina-se levemente na direção dele, enquanto seus olhos fazem um exame minucioso do conteúdo das estantes. Ela sabe que os elementos químicos devem estar lá.

E então, ele está pegando o braço dela e puxando-a na direção dele.

– Tenho de me juntar ao pessoal – ele diz. Eles sobem as escadas, até o lugar onde a música está alta de novo. – Aqui está a extensão – fala, entregando-a para ela. – Venha, você precisa se divertir um pouco agora. Desligue o "modo trabalho" e divirta-se. É uma festa, pelo amor de Deus – ele dá um grande sorriso e belisca a bunda dela. – Toma um pouco desse ponche, Janie – diz ele, segurando seu copo vazio. – Juro que você vai se alegrar e se divertir.

Ele coloca seu copo sobre o balcão da cozinha, e, após Janie configurar a rede de plugues para que ninguém tropece nos fios, ela dá uma olhada nos arredores, pega o copo e vai direto até o banheiro.

Há uma fila. Ela não quer esperar.

Passa furtivamente pelo corredor, dá uma espiada em uma sala vazia e entra sorrateiramente nela, trancando a porta. Liga o abajur na cômoda e puxa um pacote de seu bolso. Abre o pacote, pega um círculo redondo de papel e dá uma viradinha no copo quase vazio, de forma que uma única gota caia na borda do papel, se espalhando por ele.

Ela esfrega-o e espera.

Trinta segundos e está seco.

E nada acontece.

Ela pega um segundo círculo de papel e tenta novamente.

Nada ainda.

– Humm – diz ela.

Amassa os papéis e enfia-os no bolso; colocando o pacote no outro bolso. Pega o copo e a cerveja e sai, voltando para a festa.

Janie joga o copo no lixo e dá uma espiada dentro dele, rapidinho. Duas garrafas vazias de 750 ml de vodca Absolut estão no fundo do saco de lixo. Ela fecha a lixeira e lava as mãos. Consegue ouvir os alunos fazendo mais barulho agora, cantando e dançando.

21h45

Janie está entediada. E morrendo de sede. Todos os refrigerantes estão em garrafas de dois litros abertas, deixadas à toa, e Janie não confia na água da torneira porque tem um filtro nela. Olha para a cerveja quente, pela metade, em suas mãos. Sabe que é provavelmente a única coisa segura na casa, pois não tirou as mãos dela desde que a abriu.

Muitos dos caras foram lá para baixo para jogar basquete, e algumas garotas os acompanharam. No entanto, a maior parte delas estava conversando alegremente e rindo na grande sala, com o Sr. Wang entretendo-as, com seus movimentos de dança. Quatro garotas estão sentadas no chão jogando pôquer no estilo *Texas hold'em*. Mal encostaram na comida. Todos estão com uma cerveja ou um copo de alguma outra coisa nas mãos. Janie espeta um palito de dentes em uma almôndega e a mastiga delicadamente. Está deliciosa, mas isso só a deixa com mais sede.

E então o Sr. Durbin surge da cozinha com uma tigela fresquinha de ponche. Ele faz um anúncio geral, e metade das garotas se reúne em volta dele, erguendo seus copos. Ele pega conchas do ponche e despeja-as generosamente nos copos, além de encher o dele mesmo e o do Sr. Wang. O Sr. Wang, suando devido à dança, vira seu copo de ponche e levanta uma sobrancelha, olhando para Janie, que está sentada no sofá de conversa fiada com Desiree Jackson. Desiree está bem bêbada, mas não efusiva, e Janie realmente aprendeu a gostar dela. Ela é esperta e divertida.

O Sr. Wang enche um segundo copo de ponche e leva-o até Janie.

– Para você – ele diz. Seus olhos pretos estão brilhantes. Ele senta ao lado de Janie e reclina-se, fechando os olhos.

– Dia longo, Chris? – diz Janie, quando Desiree dá uma saidinha para encher seu copo de novo.

Ele abre um dos olhos, com preguiça.

– Longo e duro – diz ele, com malícia.

Janie acena com a cabeça.

– Obrigada por compartilhar a informação.

Ela segura o copo em sua mão. Ouve a música. É do Black Eyed Peas.

– Tem alguma coisa de Mos Def[8]? – pergunta Janie.

– Mos definitivamente – diz o Sr. Wang, rindo de sua própria piada estúpida. Ele move-se abruptamente na direção dela. – Nossa! – ele sussurra, quando se pega com a mão na coxa dela. – Vou colocar esse som mais tarde. Hei, sabe, já está altinha, princesa? – diz ele, mexendo a cabeça com ar inquisitivo. – Tipos como você acabam chapadíssimas em festas como esta. Sabe, bebida grátis – ele se inclina na direção dela e cheira seu pescoço. – Seu cheiro é maravilhoso – ele diz, descansando sua cabeça suada no ombro dela.

Tipos como eu? Janie está ardendo de raiva. Não consegue evitar. Quer dar um chute na bunda do Sr. Wang.

– Jesus Cristo – ela murmura. – Quer saber como é o lixo que mora em um trailer, Chris?

– Não todo lixo dos trailers. Só você – ele gagueja enquanto pronuncia essas palavras.

– Espere bem aqui por mim, então – diz ela, tirando a cabeça do Sr. Wang de seu ombro e tentando não demonstrar seu desgosto. – Já volto.

– Ah, sim! – diz ele, sorrindo de felicidade.

Janie vai passando pelas pessoas até chegar ao banheiro, com seu ponche intocado, e fica em pé, parada, na fila. No momento em que ela chega lá, ouve passos pesados de dezenas de pés subindo as escadas.

8 Mos Def, rapper e ator norte-americano. (N.E.)

O Sr. Durbin está explicando em voz alta que alguém tem de ser o primeiro a começar a comer, porque as garotas não estão fazendo isso. Ela se tranca dentro do banheiro e faz o teste com a bebida de novo.

Espalha a gota do ponche no papel.

Espera trinta segundos.

Observa a mudança para um azul brilhante.

Seu estômago vira do avesso.

Flunitrazepam.

Ela despeja o ponche na privada e dá descarga.

Faz uma busca nas gavetas e nos armários, para ver se há frascos de líquido, pó ou comprimidos. Não acha nada. Janie poderia chamar os tiras agora, ela sabe disso. Mas não tem provas de que foi o Sr. Durbin quem fez isso. E se um dos outros alunos trouxe a droga? Se Janie conseguir encontrá-las, vai ajudar ainda mais no processo contra o canalha. Ela se lembra do último caso – quão frustrados Cabel e a Capitã ficaram quando Baker e Cobb fizeram a apreensão na cena das drogas antes que Cabel pudesse descobrir onde estava a cocaína. Janie quer provas. Quer fazer isso do modo certo. *Ainda é cedo*, pensa, enquanto remexe nas coisas do Sr. Durbin. *Posso encontrá-las.*

Atravessa o corredor e faz uma busca no quarto. Entra sorrateiramente no outro quarto e faz uma busca nele também. Nada, nada. *Voltar lá para baixo,* ela pensa.

Está quente, e Janie está realmente com sede agora. Toma um gole da cerveja que tem na mão. Está sem sabor e quente, mas vai servir. A Capitã não vai culpá-la por tentar ficar hidratada, vai? Afinal, Janie está apenas sendo esperta. Ela sabe, por experiência própria, que pode facilmente tomar duas cervejas numa boa.

Janie passa calmamente por alguns caras que estão parados, em pé, na cozinha, e dirige-se ao porão. A TV e as luzes estão todas ligadas. Mas todo mundo está lá em cima agora. Ela espera que continuem por lá. Entra na sala escura com a mesa de laboratório, furtivamente, e dá uma espiada nos rótulos, mexendo nos grandes itens para buscar recipientes menores. Ela não vê o que está procurando. Frustrada, vira-se e volta lá para cima. Joga o resto de sua cerveja choca fora. Pega uma nova da geladeira e um prato de papel da mesa de comida.

Enche o prato de comida, tomando um longo e sedento gole de sua cerveja, alternando-o com as almôndegas e os vegetais da bandeja. *Tem de estar aqui em algum lugar*, ela pensa. *Talvez no quarto do Durbin? Mas a porta está fechada e fica logo ali perto da grande sala. Eu seria vista. E se ele estiver lá dentro?*

Janie enfia metade de uma almôndega na boca e mastiga-a. Deliciosa. Ela come uma cenoura e segue em direção à grande sala. Acha um lugar em meio à multidão para ficar parada, em pé, e comer. Pensando, pensando muito.

As pessoas estão descontroladas.

Ela mastiga fazendo muito barulho, com os olhos parecendo duas fendas, procurando pelos senhores Durbin e Wang. O barulho estrondoso das vozes está ficando mais forte a cada minuto que passa. A música vai ficando mais alta em um ritmo constante.

Ela concentra-se em seu relógio. Faz foco com os olhos: 23h08.

23h09

Ela se espreme entre dois caras com seu prato de comida e sua cerveja, e descobre o que estão observando, muito fascinados.

Janie está com o olhar fixo na cena. Está sentindo os efeitos da cerveja, mesmo tendo tomado apenas um gole da primeira e metade da segunda. Ainda assim, está morrendo de sede e não se atreve a beber nenhuma outra coisa. Vira o resto dessa cerveja e depois come rapidamente, sabendo que ainda tem trabalho a fazer. Sabendo que as coisas estão ficando um pouco malucas.

Ela olha de relance para a tigela de ponche. Quase vazia. Os alunos estão espalhados pela sala, sentados uns nos colos dos outros, dando amassos. Uns poucos estão sentados sozinhos, com olhares vazios e estúpidos nos rostos. E, no meio da sala, onde estão cravados os olhos de todo mundo, Wang e Stacey O'Grady estão dançando de um jeito meio pornográfico. Muito pornográfico. O Sr. Wang está sem a camisa, e os músculos dele estão salientes e brilham com o suor. Janie fica olhando meio a esmo para o corpo dele e surpreende-se ao achá-lo, repentina e estranhamente, atraente.

Stacey está totalmente chapada. Mal consegue ficar em pé. Janie se lembra de ficar de olho nela. As pessoas estão bebendo os restos do ponche e lambendo os beiços, como se aquilo fosse um oásis no deserto. O Sr. Durbin vem da cozinha com mais.

Os olhos de Janie vagam preguiçosamente pelos arredores, enquanto ela come. Está se sentindo cansada agora. Bêbada. Os caras estão ocupados com outra coisa lá atrás, lá embaixo, tropeçando e se empurrando uns aos outros para chegarem até a TV. A cabeça de Janie está zonza agora e ela, surpresa, pois bebeu apenas uma cerveja, na verdade. Ela deveria comer mais, diz a si mesma, para pôr um fim nessa sensação de bebedeira.

De volta à cozinha, enche seu prato com comida pela segunda vez, com a cabeça começando a girar. Apoia-se no balcão, na esperança de que essa sensação passe.

E então ela para.

Um pensamento distante – um cutucão. Algo que ela estava a ponto de fazer. Imagina o que seja.

Dá uma olhada em cima da geladeira.

Uma lata de tinta em spray.

Uma garrafa de lixívia Red Devil.

Isso... quer dizer alguma coisa, ela pensa, forçando seus olhos a se fecharem, tentando concentrar-se. Mas seu cérebro não está funcionando direito. *É... é isso.* Ela sabe que precisa se lembrar disso, mas agora não consegue imaginar o porquê.

Janie está bem zonza e não sabe ao certo se gosta ou não da sensação. Senta-se no chão e cai matando na comida, tentando fazer com que a sensação de tontura passe, terminando de comer o que tem no prato, sentindo-se sonolenta. *Tenho de ligar...* O pensamento passa por um instante em sua cabeça, mas, com a mesma rapidez, some de novo. Alguém tropeça em sua perna, e Janie arrasta seu corpo, erguendo-se do chão, e fica em pé, parada, tentando lembrar-se por que se levantou, afinal. Balança a cabeça, tentando deixar sua mente focada, e fica tonta, esbarrando em outra pessoa que parece vagamente familiar. Ela ri de si mesma e lembra-se do que tem de fazer. Pega seu prato e joga-o na lata de lixo. Dois pontos!

Sua pele está formigando, enquanto ela fica andando pelos arredores, sem rumo, dando uma olhada nos alunos que estão nos sofás, em vários estágios de prelúdio sexual. Janie observa-os com curiosidade. E então ela pensa que talvez esteja no sonho de alguém. Anda cambaleando pela grande sala, sabendo que se realmente está em um sonho ninguém pode vê-la. Stacey e o Sr. Wang não estão mais lá. Que pena, porque Janie queria vê-los dançar um pouco mais.

Meia-noite e pouco. Os olhos de Janie ficam cravados demoradamente no relógio, não entendendo muito bem a posição dos ponteiros.

Há uma súbita comoção na sala, e Janie dá uma acordada, tentando se lembrar de onde está e por que está ali. Levanta-se do chão, imaginando como foi parar no chão, para início de conversa. O Sr. Durbin está parado, em pé, perto da porta, entregando uma bebida ao treinador Crater. Crater vira a bebida, e Janie fica impressionada. *Ele é bonitinho também,* ela pensa. E ela está morrendo de sede. Vai vagando até a cozinha, olha no congelador e vê sua sobremesa.

– Hei – diz ela, com a língua parecendo estranhamente grossa. – Eu deveria retirar isso daqui e arrumar para comer.

Estica a mão para pegar, erra na primeira tentativa, mas consegue na próxima, depois de muita concentração. Alguém está com a mão na sua bunda.

Ela fica em pé e arruma a sobremesa no balcão para não deixar cair.

– Eita! – diz ela, rindo.

– Hummm – diz o Sr. Durbin. – Toma, trouxe algo para você beber. Parece que está com sede.

As palavras dele saem de uma forma meio ininteligível também, pensa Janie. Deve ser o sonho dele. Janie se lembra de que ela deveria estar feliz por estar no sonho do Durbin, mas não consegue se lembrar do motivo.

Ela sorri em gratidão.

– Muitíssimo obrigada – diz, emocionada, segurando a bebida, sentindo como se houvesse algo que ela deveria saber a respeito daquilo, mas sua sede vence. – Está tudo um pouquinho torto aqui? – ela pergunta, rindo como se fosse a coisa mais engraçada em que pensou o dia todo, e então leva o copo aos lábios. O ponche escorre por sua garganta abaixo, refrescando-a. – Achei que o ponche tinha acabado. Humm, ah, meu Deus! É tão *gostoso!* – ela diz.

E então o Sr. Durbin está empurrando-a para trás, na direção do balcão, e beijando-a. Ela está sentindo a língua quente dele na sua. Ela começa a retribuir o beijo, porque aquilo parece a coisa certa a ser feita. A zonzeira em seu cérebro aumenta.

– Tenho de ir – diz ela, de repente, empurrando-o para cair fora dali.

– Não, você não tem de ir não.

– Quero dizer, ao banheiro – diz ela, com ar de seriedade.

– Há um em meu quarto – diz ele, com olhos famintos.

– Ah, legal. Você ainda tem lá aquela revista pornô? – Janie hesita tarde demais, imaginando se deveria dizer aquilo, mas não consegue lembrar porque não deveria.

– Várias delas – diz ele. – Não que precise delas com você aqui.

– Hum.

Ela segue-o, passando pela multidão embriagada e seminua. Ele para e pega outro copo de ponche, e dá um a ela também. A caminho do quarto do Sr. Durbin, Janie acena para o treinador Crater.

– Hei – diz, voltando-se de novo para o Sr. Durbin. – A Stacey não estava aqui? Antes?

– Ela ainda está aqui, Janie – as palavras dele saem deliberadas, como se ele estivesse se concentrando. – Ela está trepando com o Chris no outro quarto para que possamos trepar aqui – as palavras dele soam como se estivessem em câmera lenta, e agora Janie tem certeza de que está no sonho dele.

Ele mostra a ela onde fica o banheiro, e ela decide que talvez devesse fechar a porta, mesmo não tendo vontade de fazê-lo. Mas isso é estranho porque, se fosse o sonho do Sr. Durbin, como ela estaria em um aposento no qual não pode vê-lo?

Senta-se na privada com a cabeça pesada. Algo está errado, mas ela não sabe o que é. Fica lá sentada por um bom tempo, em um estado semionírico. Quase cai no sono, sentindo-se tão quente e bêbada. E, em sua mente, ela está rodopiando lembranças que vêm e vão, em seu cérebro.

Ela ouve o som de alguém batendo na porta, bem ao longe.

– Vai para casa, Carrie – ela fala, baixinho.

Parece que não consegue abrir os olhos.

Inclina-se para a direita, e há uma fria e confortável parede, onde ela pode descansar sua bochecha.

Há outra batida na porta. Mas ela se transforma em um som de motor de carro, e Stacey está dirigindo. Vai haver um homem surgindo em segundos no banco traseiro, lembra-se Janie, e então lá está ele pegando Stacey e envolvendo o pescoço dela com as mãos. *As mãos dele são sexy,* ela pensa.

– Vamos, Janie, sem timidez! – ela ouve bem ao longe, despertando.

– O quê? – diz ela.

– Saia daqui, querida. Estamos todos esperando por você.

Deve ser Cabel. Ele dorme muito. E então ela se lembra de que está sentada na privada e ri em silêncio para si mesma, terminando o que estava fazendo.

Bebe um bom gole de água da torneira do banheiro. Está tão sedenta! Ela quer leite. Leite sempre faz com que se sinta mais forte. Vira-se para sair, mas não tem mais porta. É só uma parede agora.

Ela coça a cabeça.

Olha em volta.

Ri.

É na outra parede.

Cambaleando, Janie dá de cara com a porta e tenta empurrá-la, por fim, tenta puxá-la. A porta se abre e o Sr. Durbin está na cama. Há três garotas da classe com ele, e ele está despindo-as, enquanto elas ficam lá deitadas.

Janie acha isso fascinante.

Mas agora ela se lembra de que quer leite, então caminha com cuidado até a saída do quarto, tentando não esbarrar nem bater em nada.

O Sr. Wang está parado perto da porta deslizante, só de cueca, deixando entrar na casa o ar fresco lá de fora.

– Que sensação ótima – diz Janie.

Ela respira esse ar.

Tem cheiro de fumaça de cigarro.

Ela fica lá, parada, com tudo girando. Lá vem de novo. Aquela sensação engraçada.

O treinador Crater vem do corredor na direção deles, enquanto Janie tenta se lembrar do motivo pelo qual foi até a cozinha.

– Hei, aí está você, Buffy – diz o treinador.

É surpreendente que ele esteja vestindo jeans e uma camisa, embora ela esteja aberta e dê para ver os pelos do tórax dele.

Janie olha ao arredor. Volta para dar uma olhada na grande sala. Todo mundo está praticamente pelado. *Que bizarro!*, ela pensa, e volta para sentir o ar frio de novo.

E então, o treinador Crater agarra-a pelos ombros e vira-a em sua direção. Ele dá um beijo molhado na boca de Janie. E segue em frente.

Ele tropeça enquanto caminha para pegar mais ponche.

Ela se lembra de que acha que não gosta dele. Mas talvez isso não seja realmente verdade.

É tão difícil decidir o que é verdade.

Ela sente mais cheiro de fumaça de cigarro e uma necessidade urgente de ir lá fora pegar seu maço. Então, dirige-se até a porta.

Fora do deque, está escuro. O Sr. Wang segue-a até lá, vestindo sua cueca da Calvin Klein. Janie inspira o ar frio. Ela se segura com firmeza no corrimão, quando o Sr. Wang começa a tocar nela.

– Senti cheiro de fumaça – ela explica, mas ela não vê mais fumaça alguma.

E então o treinador Crater sai também. O Sr. Wang está beijando o pescoço dela, e o Crater está dizendo como ela é gostosa e tocando-a, dizendo algo sobre levantamento de supino.

Finalmente, ela se lembra porque o odeia.

E se lembra de ter sentido cheiro de fumaça, mas ninguém está fumando.

Então, em sua mente, enquanto os dois homens a beijam e tocam nela, surge a senhorita Stubin.

Dizendo-lhe algo.

Janie faz um tremendo esforço para ouvir. Lembra-se de gostar da velha senhora por algum motivo.

– *Cigarro* – a senhorita Stubin diz na mente de Janie.

– Preciso de um cigarro – sussurra Janie.

– *Use seu isqueiro* – diz a senhorita Stubin. – *Em seu bolso.*

– Preciso de um cigarro – diz Janie mais alto. – Agora.

O treinador Crater vai lá dentro e volta com uma ponta de maconha.

– Que tal isso, Buffy?

– Serve.

Janie pega a ponta, encolhendo os ombros em sinal de indiferença, e procura algo dentro de seu bolso. Ela nem sabia que tinha um isqueiro. Talvez a velha dama tenha colocado o isqueiro lá.

E então ela se dá conta das palavras que o treinador Crater acabou de dizer.

Janie.

Não gosta.

De ser chamada.

De.

Buffy.

Janie cambaleia na direção do corrimão do deque, tropeçando, agarra o braço do treinador, afastando-o de seu peito, torce o cotovelo dele de modo que ele gira rapidamente e fica com a cara virada para o outro lado. Janie dá um belo chute nele, nos rins.

– Não me chame de Buffy – diz ela, delicadamente. – Nunca mais.

Ele cai no deque molhado fazendo um barulhão, com um pé para cada lado, gemendo.

Janie puxa o isqueiro de seu bolso, enquanto o Sr. Wang fica encarando-a. Examina o isqueiro, coloca a ponta na boca e abre o *flip*.

Tenta fazer o isqueiro funcionar.

Nada de fogo.

Tenta de novo.

O Sr. Wang está confuso, olhando para o treinador Crater, que está grunhindo e mal consegue se mover no deque.

– Me arruma uma porra de um isqueiro que funcione, ou vou acabar com você também – diz ela ao Sr. Wang.

Ela praticamente cai no deque, exausta. Quando sua coxa começa a vibrar, ela acaba percebendo que é uma daquelas coisas estranhas que estão acontecendo durante a noite toda.

Ela olha para o treinador Crater. Está espalhado, cada perna para um lado. As mãos dele estão indo. Indo na direção da perna dela. Ela observa como se não estivesse acontecendo com ela. Concentra-se nos dedos dele, pensando como aqueles dedos são estranhos. Como se fossem animaizinhos.

Ele está usando um estranho anel quadrado. Ela meio que quer o anel. Parece legal, como se ele se encaixasse em algo.

Wang volta com um isqueiro assim que a coxa de Janie começa a vibrar novamente. Talvez sua perna inteira tenha de ser amputada, ela pensa, triste. Isso seria realmente uma merda.

Ela acende a ponta do cigarro de maconha e inala a fumaça. Segura. Deixa-a sair vagarosamente. Wang cai no deque ao lado dela e começa a beijar entre seus seios.

Ela não gosta disso, é o que Janie decide. Ele está atrapalhando-a. Ela está tentando fumar uma ponta ali!

Ela faz um sinal de paz com os dedos, tentando ficar de boa com eles. Então, quando o Sr. Wang agarra seu mamilo com a boca, ela desfere um golpe nos olhos dele.

Ela aprendeu aquilo em algum lugar.

Não sabe onde.

O Sr. Wang balança o punho como um louco, gritando de dor. Ele a pega pela mandíbula, a cabeça dela voa para trás e bate no corrimão do deque, ela apaga. A ponta queima até o fim entre os dedos dela.

NÃO ESTÁ TUDO BEM

5 de março de 2006, 6h13

Janie está sonhando. Sonha que está sonhando o sonho de Stacey, repetidas vezes, e sonha que não consegue sair dele. Tenta. Com muita força. Mas fica presa no momento em que o estuprador está no banco traseiro.

Repetidamente, o sonho é pausado em uma espécie de close nas mãos do estuprador. E então ela vê.

Ela acorda, ofegante, e senta-se como uma louca, mesmo estando amortecida.

– Ah, meu Deus! – ela resmunga, sem voz.

Não consegue ver. Mas alguém está falando, esfregando as mãos dela, seus braços. Acalmando-a com sua voz. Ela está respirando com dificuldade, inspirando e expirando, e chora lágrimas quentes. Tudo que deseja é abrir os olhos. Mas tem a sensação de que estão abertos.

– Preciso dos meus óculos – ela grita em uma voz partida. – Não consigo enxergar.

– Janie, sou eu, Cabel. Estou bem aqui. Estou com seus óculos e você conseguirá enxergar em alguns minutinhos. Você está a salvo.

A voz dele fica partida, ele para de falar por um instante.

– É só se sentar de novo e descansar. Espere. Você verá sombras em um minuto e depois tudo vai voltar, está bem?

Janie cai para trás.

Ela encolhe os ombros, mas não consegue se lembrar do porquê.

Ela tenta respirar, inspirar e expirar.

– Que horas são? – ela sussurra.

– Seis e quinze.

Ela hesita.

– Da manhã?

– Sim, da manhã.

Ela respira novamente.

– De que dia?

Segue-se um breve momento de silêncio.

– É domingo de manhã, querida. 5 de março.

– Stacey O'Grady está nesta sala?

– Não, baby. Ela está no fim do corredor.

– A porta está fechada?

– Sim.

Janie não entende, mas sua cabeça ainda está zunindo, assim como seus olhos veem tudo meio borrado. E, então, bem devagar, pedacinhos das coisas vão lhe voltando à memória.

E ela sabe que há duas coisas importantes de que deveria se lembrar, até mesmo quando tudo estava fora de controle. Ela fala lentamente.

– Cabel?

– Sim?

– GHB. O Sr. Durbin preparou ele mesmo com tinta em spray e lixívia. Acredito que foi assim. Procurei por isso antes. Não o vi fazendo. Mas ele tem as coisas. E, obviamente, a capacidade.

Ela respira, exausta.

– Apenas doze horas antes que seja explicado do corpo. Testes de urina. Todo mundo. Merda, todo mundo!

Ela não o vê piscar.

– Bom trabalho – ele murmura, e está ao celular, balbuciando.

Ela está tentando, com dificuldades, concentrar-se. Há alguma outra coisa. O que é? Ela não consegue se lembrar.

Ele para de falar ao telefone e está esfregando o braço dela.

E então ela se lembra.

– Almôndegas – diz ela. – A droga estava no ponche, mas juro por Deus que não bebi o ponche. Não que eu me lembre. Fiz o teste com ele. Os testes estão no bolso da minha calça jeans. Do lado direito – ela faz uma pausa. Soluça um pouco. – Ele deve ter colocado o GHB no molho das almôndegas, quando eu estava no banheiro fazendo o teste com o ponche. Meu Deus, sou tão estúpida!

Ela cai no sono e dorme por duas horas direto.

9h01

Janie acorda e pestaneja. A luz acima dela no quarto está cegante.

– Onde diabos eu estou? – pergunta.

– Fieldridge General – Cabe diz.

Ela senta lentamente. Sua cabeça dói. Põe as mãos no rosto.

– Que merda! – diz ela.

– Janie, você consegue enxergar?

– Claro que consigo ver, seu idiota.

Ele fica estupefato, olha para a mulher ao lado dele, que dá risadinhas, e fecha os olhos por poucos segundos.

– Está a fim de conversar? – ele pergunta, com cuidado.

Ela pisca mais algumas vezes. Senta direito.

– Onde diabos eu estou? – pergunta ela de novo.

Cabel coloca as mãos na testa. A Capitã dá um passo até a cama de metal.

– Janie, você sabe quem eu sou?

Janie dá uma espiada nela.

– Sim, senhor.

– Bom. E quem é ele?

– Cabel Strumheller, senhor. A senhora se lembra dele, não?

A Capitã pensa em sorrir, mas não o faz.

– Sim, lembro, agora que você mencionou o fato – ela para de falar por um instante. – Do que você se lembra?

Janie fecha os olhos. Sua cabeça dói. Ela pensa por um bom tempo.

Eles esperam.

Por fim, ela fala:

– Fui até a festa na casa do Durbin.

– Sim – diz a Capitã.

Cabel sai de sua cadeira e começa a andar de um lado para o outro.

– Lembro-me de ter arrumado as comidas – ela se esforça para dizer, mesmo zonza.

– Tudo bem, Janie. Leve o tempo que precisar. Temos o dia todo.

Janie faz uma pausa novamente.

– Ah, meu Deus! – ela diz. Sua voz estremece e ela emudece momentaneamente.

– Tudo bem, Janie. Você foi drogada.

Uma lágrima escorre pela bochecha de Janie.

– Não era para isso acontecer – ela sussurra.

A Capitã pega na mão dela.

– Você fez tudo certo. Não se preocupe. Apenas relaxe.

Janie soluça baixinho por um momento.

– Cabe vai ficar puto – ela sussurra para a Capitã.

– Não, Janie. Ele está bem. Certo, Cabe?

Cabel olha para a Capitã e para Janie. O rosto dele está pálido.

– Estou bem, Janie – ele consegue resmungar.

A Capitã capta o olhar de Janie.

– Você sabe, Hannagan, maldição! Qualquer coisa que tenha acontecido como resultado de você ter sido drogada contra a sua vontade não é sua culpa. Certo? Você se conhece. E sabe disso. E quem quer que tenha feito algo vai para cadeia, tá? Não é culpa sua. Não vem amolecer para cima de mim, Janie – ela acrescenta. – Você é uma mulher forte. O mundo precisa de mais mulheres como você.

Janie engole o nó que havia se formado em sua garganta e desvia não só o olhar, mas a cabeça também. Ela quer se enterrar debaixo das cobertas e desaparecer.

– Sim, senhor.

– Ajudaria a se lembrar de alguma coisa se eu mencionasse alguns dos nomes? – pergunta a Capitã.

– Pode ser – diz Janie. – Não me lembro de muita coisa. Apenas partes de algumas coisas.

– Certo. Vamos começar com o Durbin. O que aconteceu com ele.

Janie suspira. Então, ela arregala os olhos.

– GHB – diz e senta-se, ereta – GHB.

Cabel olha apavorado para a Capitã.

– Sossega – ela diz a ele, baixinho. – Ela não se lembra de ter falado antes. É normal.

A Capitã se volta de novo para Janie.

– Que tem o GHB, Janie?

Janie pensa.

– Fiz o teste no primeiro ponche – lembrando-se. – Achava, com certeza, que teria flunitrazepam nele. Mas estava limpo. Só vodca. Foi isso que deu o teste.

– Bom trabalho. Você é profissional.

– E então as pessoas começaram a ficar esquisitas. Durbin trouxe uma outra tigela de ponche – lembra-se Janie.

A Capitã fica sentada em silêncio, deixando-a pensar.

– Ele fez todos os caras subirem, os que estavam no porão vendo TV. Ele disse que deveriam começar a comer, porque as garotas não estavam comendo.

A Capitã olha com uma expressão de raiva, mas segura seu desgosto.

– E então... – ela pensa. – Wang me deu um pouco do ponche e veio com merda para cima de mim sobre o fato de eu ser um lixo que mora num trailer. Que filho da puta! – ela diz, com os olhos ardendo.

Ela chora por um minuto e depois se recompõe.

– Ele estava zoado já – ela continua. – Achei que algo estava acontecendo. Então, peguei o ponche que ele me deu e fiz o teste nele; não bebi nadinha. O papel ficou azul, eu joguei o ponche na privada e dei descarga – Janie fecha os olhos de novo. – Fui lá embaixo – diz ela, lentamente. – Olhei os elementos químicos na mesa do laboratório dele e não encontrei os que procurava: GLB e NaOH. Os dois elementos químicos que combinados dão origem ao GHB, uma arma em forma de droga que facilita o abuso sexual. Estudei sobre isso, como a senhora me disse para fazer.

A Capitã assente com a cabeça.

– Mas, quando voltei para cima, lembrei-me de ter visto algumas garrafas sobre a geladeira. Tinta spray e lixívia. Os mesmos elementos químicos que dão origem ao GHB. Naquele momento, eu estava paranoica e preocupada. Todos os refrigerantes estavam em garrafas abertas de 2 litros, e eu nem queria pegar um copo de água porque a torneira tinha um daqueles filtros. Achei que talvez ele colocasse a droga ali. Então, peguei uma cerveja... Sinto muito, Capitã... e bebi meio rápido, mas eu tinha comido também. E, honestamente, uma cerveja não é nada para mim. Não sei o que aconteceu – diz, chorando de novo e cobrindo o rosto. – Estraguei tudo, não?

A Capitã fecha os olhos.

– Não, Janie. Você foi muito bem. Deveríamos ter feito você levar algumas garrafinhas de água, ou algo assim.

Cabel para de andar de um lado para o outro e descansa a testa na janela. Bate-a de leve contra o vidro algumas vezes. Murmura algo ininteligível.

A Capitã continua, com cautela.

– Você nos disse, algumas horas atrás, algo sobre as almôndegas. Lembra-se disso?

Janie fica em silêncio. Confusa.

– Não me lembro de almôndegas.

A Capitã faz um movimento com a cabeça para Cabel. Ele olha inquisitivamente para ela, então, assente também com a cabeça. Disca um número no telefone. Conversa com alguém. Por fim, desliga.

– GHB confirmado nas almôndegas e no molho dos vegetais – ele diz. – Jesus Cristo! – ele tira seu casaco de rúgbi, ficando apenas de camiseta. Começa a andar de um lado para o outro. – Não sabia que podia ser colocado na comida.

– Aparentemente, Durbin queria cobrir suas bases – diz a Capitã, olhando para Cabel cautelosamente.

Ela se vira de novo para Janie.

– Há algo mais de que você se lembre? Não se preocupe se não conseguir. Acredito que seja por causa disso.

Janie permanece quieta por um bom tempo. Por fim, ela diz:

– É estranho, mas eu sei que o treinador Crater estuprou a Stacey. Não desta vez. No semestre passado.

O silêncio preenche a sala.

– Como você sabe, Janie? – pergunta a Capitã.

Janie hesita.

– Não posso provar isso.

– Tudo bem. Fale-me sobre seu palpite. Lembra? Não conseguimos resolver crimes sem pistas.

Janie concorda com a cabeça. Conta a ela sobre o sonho com o carro que Stacey vem tendo desde o último outono. E então ela conta sobre pausar o sonho e não conseguir ver o rosto.

– Mas vi a mão dele – diz ela. – No sonho, ele está usando um anel de fraternidade, quadrado. Lembro-me de ter visto o mesmo anel na mão direita de Crater na noite passada.

Silêncio.

E mais silêncio. Cabel dá um outro telefonema.

A Capitã aventura-se a fazer outra pergunta, quase com um sorriso no rosto.

– Você se lembra de quando ativou o botão de pânico?

Janie olha para ela. Balança a cabeça em sinal de negativa.

– Então, você não se lembra de ter batido e detonado o Crater e o Wang?

Janie olha para ela fixamente.

– O quê?

A Capitã sorri.

– Você foi incrível, Janie. Espero que um dia se lembre disso. Porque deveria se orgulhar de si mesma, assim como estou orgulhosa de você.

Janie fecha os olhos.

Por fim, ela diz:

– Cabe, você pode sair por um minuto?

Ele olha rapidamente para ela e depois vai embora dali.

– Capitã – diz Janie –, alguma coisa aconteceu? Sabe... Comigo?

A Capitã segura a mão dela.

– Nada abaixo da cintura, garota. Quando Baker e Cobb encontraram você, seu suéter estava saindo pelo ombro. Só isso. Os médicos fizeram um exame. Você os interrompeu, Janie.

Janie suspira aliviada.

– Obrigada, senhor.

18h23

Cabel leva Janie de carro até a casa dele.

– Vinte e um testes positivos para GHB, Janie – a voz de Cabel soa dura. – Todo mundo na festa estava drogado. O próprio Durbin se drogou. Dizem por aí que a droga é conhecida por aumentar o vigor... – ele para de falar por um momento. – Aiiiii... – ambos encolhem os ombros. – Quando Baker e Cobb chegaram com a equipe de reforço, Durbin estava na cama com três alunas.

Janie fica quieta.

– Ele vai ficar na cadeia por um bom tempo, Janie.

– E o Wang?

– Ele também. Infelizmente, ele estuprou a Stacey antes de Baker e Cobb chegarem lá. Encontraram nela o DNA dele. Ela pediu para tomar a pílula do dia seguinte. Ela não se lembra de nada do que aconteceu na noite passada.

As mãos de Cabel agarram o volante. As juntas dos dedos dele estão brancas.

Janie está quieta.

– Merda! – ela diz.

Ela deveria ter feito algo.

Feito algo por Stacey.

A dor de cabeça de Janie diminui à noite. Ela come tudo o que Cabel lhe dá, e então declara que está bem.

– Pode parar de bancar minha babá – diz ela, com um sorriso cauteloso.

Ela sabe que Cabel não dormiu.

Cabel olha para ela com exaustão e sinais de que está perdido. Concorda com a cabeça.

– Acabei – ele diz. – Com licença.

Ele sai da sala, e Janie pode ouvi-lo no quarto dele. Gritando para o travesseiro.

Janie encolhe-se de pavor.

Percebe agora que estava confusa, sem entender muita coisa. E talvez Cabel também se sentisse assim.

Depois de um momento, ele fica quieto. Janie aventura-se a dar uma espiada no quarto de Cabel, ele dorme com a barriga para baixo, totalmente vestido, os óculos jogados no criado-mudo, o braço e a perna pendurados na beirada da cama, lágrimas ainda nos cílios, as bochechas rosadas de tanto chorar. Não está sonhando.

Janie ajoelha-se ao seu lado na cama, ajeita o cabelo dele, que estava sobre a bochecha, e observa-o por muito, muito tempo.

9 de março de 2006, 15h40

A comoção na Fieldridge High School diminuiu um pouco. Os três professores substitutos de Janie são menos animadores. Está tudo bem, pois Janie está tendo problemas para se concentrar de qualquer forma. Não por causa da festa do Sr. Durbin, mas pelo que aconteceu depois, com Cabel.

Depois da aula, Janie está em casa, deitada no sofá, com o olhar cravado no teto, quando Carrie enfia a cabeça pela porta da casa de Janie e entra. Hoje é o aniversário de Carrie.

Janie senta e força um sorriso.

– Hei. Feliz, feliz! Fez algo divertido em seu aniversário? – ela entrega a Carrie uma pequena embalagem de presente que está na mesinha de centro há dias.

– O de sempre. Nada muito chique. Stu acha que eu deveria me inscrever para votar. Espero que ele esteja brincando.

Janie tenta rir, embora se sinta amortecida.

– Você deveria fazer isso. É seu direito como americana.

– Você fez isso?

– Sim.

– *Ah, meu Deus!* – exclama Carrie, dando um tapa em sua boca com a mão. – Esqueci o seu aniversário?

Janie encolhe os olhos.

– E alguma vez você lembrou?

– Hei! Isso não é justo – diz Carrie, sorrindo envergonhada.

Mas Janie sabe que é verdade. E Carrie também.

Não que isso importe.

É como as coisas são entre elas.

Carrie fica pasma com o CD que Janie lhe comprou. E elas ficam ali de boa. Mas Janie sabe que as coisas estão mudando rapidamente.

Carrie não tem ficado perto dela por muito tempo.

Janie não tem planos para esta noite.

Nem para o resto de sua vida, ao que parece.

Ela liga para Cabel.

– Sinto sua falta – diz para a caixa postal dele. – Só... queria te dizer isso. Hum, pois é. Desculpa. Tchau.

Mas Cabel não retorna a ligação.

Ela sabia que ele não ligaria de volta.

– Preciso de um tempo.

Foi o que ele disse naquela segunda-feira, depois de saírem do hospital, quando tentou encostar nela e não conseguiu.

NADA A PERDER

24 de março de 2006, 15h

Janie está atordoada agora. Já se passaram quase três semanas. Ela assiste às suas aulas como um zumbi. Vai para casa depois da escola. Todo dia, sozinha.

Sozinha.

É muito difícil. Há muito mais para sentir falta agora. Estar sozinha antes de Cabel era muito mais fácil do que estar sozinha depois de Cabel.

Ele também não senta-se mais perto dela na sala de estudos. Não liga. Não vai vê-la quando é sugada para dentro dos sonhos.

Parece que ele nem mesmo consegue olhar para ela agora. E, quando isso acontece por acaso – no corredor, no estacionamento –, o rosto dele fica aflito, e ele se apressa para ir embora, sem falar nenhuma palavra.

Para longe dela.

Até mesmo na reunião de acompanhamento do caso com a Capitã ela estava sozinha. Cabel encontrou-se com a Capitã sem ela.

Janie dirige até sua casa, com as janelas abertas neste fresquinho dia de primavera, sem nada a perder.

15h04

Ela para por causa de um ônibus escolar infantil, cujas luzes vermelhas estão piscando. Ela olha para as crianças atravessando a rua na frente dela. Imagina se alguma é como ela.

Sabe que provavelmente não.

E então.

Ela é pega de surpresa. Às cegas, é sugada para um sonho de uma criancinha.

Caindo, caindo de uma montanha.

Janie arfa baixinho.

Seus pés deslizam do pedal do freio.

O ônibus buzina, ouvem-se queixas e gritos.

Ela agarra freneticamente o volante e luta com sua mente, tentando se concentrar. Ela deve se arrancar do sonho, enquanto Ethel segue errante e perigosamente perto das crianças que estão atravessando a rua.

Bate com um dormente e pesado pé no freio e, às cegas, procura pelas chaves na ignição.

O motor de Ethel para e morre, no momento em que a visão de Janie retorna.

O motorista do ônibus olha para Janie com ódio.

As crianças correm para o outro lado da rua, com os olhares cravados em Janie e arregalados de medo.

Janie, horrorizada, balança a cabeça para livrar-se de tais pensamentos.

– Me desculpa – ela balbucia.

Sente vontade de vomitar.

O ônibus vai embora ruidosamente.

Enquanto os motoristas que estão em fila atrás de Janie começam a buzinar, impacientes, ela faz um tremendo esforço para dar partida em Ethel.

Chorando além da conta.

Odiando sua vida.

Imaginando que merda vai acontecer com ela, pensando em como vai continuar vivendo sem matar alguém.

Consegue chegar em casa.

Limpa o rosto com a manga da roupa.

Entra com determinação. Vai direto para o quarto, jogando seu casaco e sua mochila no sofá, sem parar no meio do caminho.

Até chegar a seu armário.

Janie tira a caixa de lá e senta-se na cama. Tira tudo que tem dentro e pega o caderno verde. Afobada, abre-o. Lê a dedicatória de novo.

Uma jornada em direção à luz,
por Martha Stubin

Este diário é dedicado aos(às) apanhadores(as) de sonhos. É escrito expressamente para aqueles que seguirem meus passos, uma vez que eu tenha partido deste mundo.

As informações que tenho a compartilhar com vocês são compostas de duas coisas: deleite e terror. Caso não deseje saber o que lhe espera, feche este diário agora. Não vire a página.

Mas, se tiver estômago para tal e desejo de lutar contra o pior disso tudo, é melhor que tenha estes conhecimentos. Mas, de novo, pode ser algo que o assombre para o resto de sua vida. Considere isso seriamente. O que está a ponto de ler contém muito mais terror do que deleite.

Lamento dizer que não posso tomar a decisão por você. Ninguém mais pode. Você deve fazer isso por si. Por favor, não coloque a responsabilidade sobre os ombros dos outros. Isso vai arruiná-los.

Seja qual for sua decisão, está entrando em uma longa e árdua jornada. Não desejo que se arrependa. Pense a respeito. Tenha confiança em sua decisão, seja ela qual for.

Boa sorte, amigo(a).

Martha Stubin, Apanhadora de sonhos

Janie ignora o ímpeto de medo e vira a página. Depois, vira a página que está em branco. E lê.

Você já leu a primeira página pelo menos uma vez. Imagino que tenha passado algum tempo nela, talvez dias, decidindo se desejaria continuar. E agora, aqui está você.

Caso seu coração esteja pulsando violentamente, digo-lhe que começarei com o "Deleite". Para que você possa mudar de ideia se não desejar ir adiante. Haverá uma página em branco neste caderno antes de chegar às informações com o título de "Pavor". Então, você saberá e não virará as páginas, com medo.

Sinto muito por ter de colocar este medo em seu coração. Mas o faço por meus próprios motivos. Talvez você vá entender quando estiver lendo.

Mas, no momento, ainda dá tempo de voltar atrás e fechar este caderno. Se optar por seguir em frente, por favor, vire a página.

15h57

Janie vira a página.

Deleite

Você já vivenciou um pouco dele, imagino. Se não, ainda está por vir.

Com o tempo, vem tanto o sucesso como o fracasso. Alguns dos melhores sucessos como apanhador(a) de sonhos não serão atingidos durante muitos anos.

Por ora, você já descobriu que tem mais poder que imaginava. Você tem a habilidade de ajudar alguém a alterar um sonho para torná-lo melhor. Menos assustador, talvez. Ou até mesmo pode fazer uma mudança total, transformando um monstro em um personagem de desenho animado.

O que você precisa saber antes de ajudar alguém a mudar seu sonho é: nem todos os sonhos podem ser alterados. Seu poder é forte, mas há poucos sonhos mais fortes do que você. Por favor, não espere poder alterar o rumo do mundo.

Com isso dito, eu, Martha Stubin, estive nos sonhos de muitos indivíduos bem-sucedidos. Eles chegaram ao sucesso depois de terem seus sonhos mudados. Posso tomar o crédito por essas coisas? É claro que não. Mas eu fui um fator no futuro de muitas pessoas de negócios. Embora eu não vá revelar nomes, pois os indivíduos ainda estão vivos na época em que escrevo isto. Eu poderia pedir que você pensasse na indústria dos computadores, e isso lhe daria uma dica.

Você tem a capacidade de influenciar a mente inconsciente, meu(minha) querido(a) apanhador(a) de sonhos.

Casamentos foram salvos.

Relacionamentos, acesos novamente.

Eventos esportivos, vencidos.

Vidas levadas com confiança, em vez de medo.

Porque nosso poder é motivador e proporciona força de movimento e uma sensação de poder mudar as coisas para aqueles que sonham com o fracasso.

Este é o mais compensador dos trabalhos, quando as coisas dão certo.

E você pode mudar uma comunidade.

Você é um indivíduo com um dom raro.

Pode usar seu poder para ajudar a criar ou restaurar a paz em uma comunidade problemática. Seja uma escola, uma igreja, um local de trabalho, uma entidade governamental, você tem mais poder para resolver crimes do que qualquer um com distintivo.

Não se esqueça disso.

Conforme aperfeiçoar sua habilidade – seu dom –, será capaz de ajudar a lei de tal forma que aqueles que a mantêm não poderão se quer imaginar. E de maneiras que são impossíveis em suas cabeças. Você tem um imenso poder para fazer o bem.

Use-o, caso se atreva.

Você nunca ficará sem trabalho. Pense grande. Muitos distritos policiais no país vão tomar conhecimento de sua existência. Viaje pelo país; talvez até mesmo pelo mundo. Procure por outros com dons diversos que trabalham secretamente, como você.

Deixe-me dar um passo mais ao fundo. Para dentro de seu próprio coração.

Com a prática, você há de ser mestre de seus próprios sonhos.

Alguns de vocês nem podem sonhar.

Isso virá com o tempo.

Você pode sonhar com a forma de resolver os problemas com os quais se depara, e sonhará com o encontro do amor revigorante pelo qual você anseia em um mundo isolado.

E os entes queridos que perder nos caminhos da vida viverão para sempre, se você usar seu poder. Você nunca dirá adeus por muito tempo. Pelo menos, até dormir de novo. Você pode trazê-los de volta até você.

Esse foi o fator mais redentor para mim. Foi o que me manteve viva além do meu tempo. Morrerei feliz, até mesmo depois de uma vida cheia de adversidades.

Não ignore os lados positivos deste fator, uma vez que tenha visto o restante.

E agora, quando virar a página, encontrará a próxima página em branco. Em seguida, vêm as coisas que eu gostaria de não ter de lhe dizer. Use seu discernimento para decidir se deseja seguir em frente.

16h19

Janie enterra a cabeça entre suas mãos e segue em frente.

Pavor

Meus olhos lacrimejam enquanto escrevo esta parte.

Há coisas sobre a gente que talvez não gostaríamos de ouvir, nem de saber.

Elas vão ajudar você?
A resposta é "sim".
Vão machucar você?
Com toda certeza, sim.

Direitos e obrigações

Em primeiríssimo lugar, vamos reviver a forma como você altera os sonhos das pessoas.

Mesmo tendo o poder, nem sempre isso significa que você tenha o direito ou a obrigação.

E, por terem o poder da manipulação, alguns de vocês vão usá-lo para machucar as pessoas.

Não consigo impedi-lo(a) de fazer isso.

Posso apenas implorar que resista à tentação de machucar os outros dessa maneira.

Já foi feito.

E foi feio.

Pessoas morrem.

Eis aqui alguns fatos de que você deve ter conhecimento:

Não há nenhuma "cura", caso você veja isso como uma doença. Até descobrir o motivo por trás da existência do dom do apanhador de sonhos, não haverá cura.

Passei cinquenta anos tentando mudar isso. E tudo o que posso fazer é controlar o dom, às vezes.

Direção

Você pode já estar ciente dos riscos de dirigir. Talvez já tenha sofrido um acidente incomum. E ainda esteja vivo. Mas, por causa das possibilidades de dispersão, mesmo com as janelas fechadas, devo mencionar que você é uma bomba-relógio.

Já aconteceu antes.

Você viu nos documentos, não?

Alguém apaga na estrada. Passa para a outra via. Mata uma família de três pessoas na via oposta.

Apanhadores de sonhos. Apanhando, acidentalmente, os sonhos de alguém que dorme em um carro ali do lado.

Atravessando os vidros das janelas dos dois carros.

Acontece.

Aconteceu.

E nunca me perdoei.

Não dirija.

Você arrisca não só a sua vida, mas as vidas de outras pessoas inocentes.

Você pode me ignorar.

Estou lhe pedindo que não o faça.

Se deseja seguir em frente, por favor, vire a página.

16h53

Janie está tremendo, chorando, lembrando-se das crianças do ônibus escolar. Ela continua.

Efeitos colaterais

Esta é a seção mais difícil. Se conseguir passar por ela, estará bem.

E talvez não pense que seja tão ruim quanto fiz parecer. Espero que seja assim.

Há diversos efeitos colaterais de ser um(a) apanhador(a) de sonhos. Você já vivenciou a drenagem de calorias. Fica pior conforme a idade aumenta.

Quanto mais forte você for, mais preparado estiver, melhor vai conseguir lidar com isso. Tenha algo para comer com você o tempo todo. Sonhos ocorrem onde menos se espera.

Em quanto mais sonhos entrar, mais pode ajudar as pessoas. Isso é verdade. Prova-se com as médias.

Mas, para um(a) apanhador(a) de sonhos, em quanto mais sonhos você entrar, piores são os efeitos colaterais.

Mais rapidamente você decai.

Você deve trabalhar o controle de quais sonhos vai entrar.

Pratique arrancar-se deles, como expliquei nos muitos arquivos de casos dos quais participei.

Estude-os.

Pratique os movimentos, os processos de pensamento, os exercícios de relaxamento.

Contudo, você deve perceber agora que há uma pegadinha nisso tudo. Porque, quanto mais prática tiver, mais pesados ficam os efeitos em seu corpo.

Você deve escolher com cuidado os sonhos, se optar por usar seu dom para ajudar os outros.

Ou há uma alternativa.

Isolamento.

Se você se isolar, poderá levar uma vida normal... tão normal quanto permitida pelo isolamento, é claro.

E agora.

Você também pode parar de ler aqui.

É sua última chance.

17h39

Janie desvia o olhar. Lê aquela parte novamente. Sua cabeça está latejando. E ela continua, até o amargo final.

Qualidade de vida

Conheci, pessoalmente, três apanhadores de sonhos além de mim. Sou a última viva. No momento em que estou escrevendo isto, não sei da existência de nenhum outro, mas estou convencida de que você está por aí.

Vou lhe dizer, primeiramente, que a escrita deste diário não é de meu punho. Meu assistente escreve este livro a você, pois minhas mãos estão para lá de nodosas e retorcidas.

Perdi a capacidade de usar minhas mãos e meus dedos aos 34 anos de idade.

Meus amigos, também apanhadores de sonhos, tinham 35, 31 e 33, respectivamente, quando não mais conseguiram segurar uma caneta.

É isso que os sonhos estão fazendo com você.

18h

Lágrimas escorrem sem parar pelo rosto de Janie. Ela coloca a manga molhada da blusa na boca. E continua.

E por fim.

O que vejo como o pior.

Eu tinha 11 anos de idade na ocasião em que apanhei um sonho pela primeira vez. Ou pelo menos é o que consigo me lembrar.

A princípio, os sonhos vinham em pouca quantidade e com bastante intervalo entre eles, como espero que tenham ocorrido com você, a menos que dividisse o quarto com alguém.

No ensino médio, aumentaram.

Faculdade. Na sala de aula, na biblioteca, atravessando o campus em um dia de primavera... sem mencionar o fato de ter colega de quarto. Na faculdade, os sonhos estão por toda parte. Algumas das piores experiências que você vai ver.

E então, um dia, não vai mais.

Você não vai mais ver.

Porque estará completa, irreversível e cruelmente cego(a).

Meus conhecidos apanhadores de sonhos: 23, 26, 21.

Eu tinha 22.

Em quanto mais sonhos você entrar, mais cedo perderá a visão.

Já suspeitava disso, não?

Talvez já tenha perdido parte de sua visão.

Sinto muito, querido(a) amigo(a).

Escolha sua profissão com sabedoria.

Toda esperança que posso acrescentar é esta:

Uma vez que estiver cego(a), a cada jornada que você embarcar em um sonho, será novamente levado(a) à luz e verá as coisas nos sonhos como se as estivesse vendo na vida.

Esses sonhos dos outros são suas janelas. Eles são toda a luz que você verá. Ficará em um casulo de trevas, exceto pelos sonhos.

E visto ser este o caso, pergunto a você, quem não viveria por mais um sonho? Mais uma chance de ver seu amor enquanto ele(a) envelhece, mais uma chance de ver a si mesmo(a), se ele(a) sonhar com você.

Você não tem escolha.

Está preso(a) com este dom, esta maldição.

Agora, você já sabe o que vem pela frente.

Deixo-o(a) com uma nota de esperança: não me arrependo das minhas decisões de ajudar os outros, apanhando os sonhos deles.

Nem um único exemplo me faria voltar atrás.

Agora é uma boa hora para sentar-se e pensar. Para sentir uma espécie de lamento, de luto. E, depois, levantar-se de novo.

Encontre seu confidente. Por estar lendo isto aqui, você já tem um confidente. Diga a ele ou ela o que esperar em relação a você.

Você pode botar as mãos na massa e trabalhar. Ou pode esconder-se eternamente e retardar os efeitos. A decisão é sua.

Sem nada do que me arrepender,

Martha Stubin, Apanhadora de sonhos

Janie fica com os olhos cravados no caderno. Vira aquela página, sabendo que não há mais nada lá. Sabendo que não se trata de uma piada.

Ela olha para suas mãos. Flexiona os dedos. Vê, suas juntas enrugadinhas e suas unhas curtas. A forma como se curvam e ficam retos. E então, olha em volta do quarto.

Tira os óculos.

Pensa muito, e já sabe a resposta. Os sonhos, as dores de cabeça, as mãos retorcidas da senhorita Stubin e seus olhos cegos. Janie está perdendo sua própria visão. Janie sabia.

Sabia já há algum tempinho.

Ela apenas não queria pensar no assunto. Não queria acreditar nisso.

Talvez Cabel já soubesse, pensa ela. Os estúpidos quadros de teste de visão dele. Talvez seja esse o real motivo pelo qual ele queira dar um tempo. Ele sabe que ela está em frangalhos. E ele não consegue lidar com mais um problema acontecendo com Janie.

Janie está tão chocada que não consegue mais chorar.

Pega as chaves do carro e vai correndo até a porta antes de se lembrar.

A senhorita Stubin matou três pessoas em um acidente de carro, por causa de um sonho.

Janie olha para Ethel através da janela e então, lentamente, vai caindo no chão, soluçando e chorando, como se seu mundo estivesse acabando.

Ela não se levanta.

Não.

Não naquela noite.

25 de março de 2006, 8h37

Janie ainda está no chão da sala de estar, perto da porta da frente. Sua mãe dá um passo na direção dela, não alarmada, uma, duas vezes, desaparecendo novamente nos escuros recessos de seu quarto. Ela já viu Janie dormir no chão antes.

Janie não se move quando alguém bate à porta. Uma segunda batida, mais urgente, não faz nada com ela.

E então as palavras.

– Não me faça arrombar esta porta, Hannagan.

Janie levanta a cabeça. Olha com olhos semicerrados para a maçaneta da porta.

– Não está trancada – diz, meio devagar, embora tente demonstrar respeito com a voz.

E a Capitã está lá, na sala de estar da casa de Janie. E ela parece tão maior para Janie naquela casa pequena.

– O que está acontecendo, Janie? – a Capitã pergunta, com uma expressão cada vez mais alarmada no rosto, quando vê Janie no chão.

Janie balança a cabeça e diz, em uma voz fina, desnorteada:

– Acho que estou morrendo, senhor.

Janie senta. Ela consegue sentir o padrão do carpete marcando-lhe profundamente a bochecha. Parece com as queimaduras ásperas de Cabel.

– Eu ia ver a senhora ontem – diz ela, olhando para as chaves no chão. – Estava saindo, porta afora, e então me toquei. Dirigir. E tudo. E eu só... – ela balança a cabeça. – Estou ficando cega, senhor. Igualzinho a senhorita Stubin.

A Capitã fica em pé, sem dizer uma palavra. Espera pacientemente pela explicação de Janie. Estende sua mão para ela. Puxa-a para cima e abraça-a.

– Converse comigo – diz a Capitã, com gentileza na voz.

E Janie, que havia ficado sem lágrimas horas trás, cria lágrimas novas e chora nos ombros da Capitã, dizendo a ela tudo sobre o conteúdo do caderno verde. Deixando que a Capitã o leia por si só. A Capitã aperta Janie firmemente, quando surgem os soluços.

Depois de um tempo, Janie fica em silêncio. Ela olha ao seu redor, buscando algo para enxugar o casaco da Capitã, mas não tem nada. Nunca tem nada na casa de Janie.

– Você já ligou para a escola para falar sobre sua falta de hoje?

– Merda!

– Sem problemas. Farei isso agora. Sua mãe atende por senhora Hannagan? Não quero que o pessoal da secretaria de lá saiba que conheço você.

Janie balança a cabeça, em sinal de negativa.

– Não, não "senhora" – diz ela. – Apenas Dorothea Hannagan.

Quando a Capitã desliga o telefone, Janie pergunta:

– Como você sabia que deveria vir aqui?

Ela faz um misto de cara triste e ameaçadora.

– Cabel me ligou. Disse que você não apareceu na escola, perguntou se eu tinha ouvido algo sobre você. Creio que ele tentou ligar para o seu celular.

Então eu tenho de desaparecer para que ele me ligue. Janie não diz nada. Ela deseja, de todo coração, perguntar à Capitã por que Cabel não quer falar com ela. Mas Janie sabe que é melhor não perguntar. Tudo o que ela diz é:

– Isso foi atencioso da parte dele.

E, então, ela pensa por um momento e fala:

– Você suspeitava disso? A senhorita Stubin contou-lhe algo a respeito?

– Eu sabia que algo estava chateando você depois que me ligou algumas semanas atrás, mas não sabia o que era. A senhorita Stubin era uma pessoa muito reservada. Ela não falava muito de si, e eu não perguntava. Não cabia a mim fazê-lo.

– Acha que Cabel sabe?

– Já pensou em perguntar para ele?

Janie dá uma olhada de relance para ler a expressão da Capitã. Morde seu lábio trêmulo para fazê-lo parar de tremer.

– Não estamos exatamente nos falando agora.

A Capitã suspira.

– Entendi – com cuidado, ela diz: – Cabel tem seus próprios demônios e, se ele não os matar logo, vou ter de botá-lo para fora. Ele está tendo problemas em lidar com algumas coisas agora.

Janie balança a cabeça.

– Não entendo.

A Capitã fica em silêncio.

– Talvez você deva perguntar a ele. Diga a ele pelo que está passando também.

– Por quê? Para quando eu contar a ele que vou ficar cega e aleijada, ele nunca mais querer chegar perto de mim de novo?

A Capitã solta um sorriso triste.

– Não posso prever o futuro, Janie, mas duvido que alguns probleminhas físicos vão fazer com que ele perca o tesão por você, se é que me entende. Porém, ninguém está lhe dizendo que tem de contar a ele também – ela para de falar por um momentinho. – Parece que um café da manhã lhe faria bem. Vamos sair, Janie – ela diz.

Janie olha para baixo, para si, desgrenhada, vestida com as roupas de ontem.

– Claro, por que não? – diz ela.

Demora uns minutos para escovar o cabelo e olha-se no espelho. Olha para seus olhos.

A Capitã leva Janie até Ann Arbor. Elas param para tomar café da manhã no Angelo's, onde a Capitã parece que conhece todo mundo, incluindo Victor, o cozinheiro que prepara as comidas rapidinho. Victor entrega um banquete na mesa delas, pessoalmente. Janie, não tendo comido nada desde o almoço do dia anterior, come aquela refeição como uma draga, agradecida.

Depois do café da manhã, a Capitã segue com Janie de carro pelos arredores do campus da Universidade de Michigan.

– Algumas das melhores instalações para pesquisas e medicina encontram-se aqui, Janie. Talvez haja algo... – a Capitã encolhe os ombros. – Lembre-se de que Martha Stubin perdeu a visão há quinze anos. Muita coisa mudou no mundo médico desde então. Não se condene antes de saber o que os médicos podem fazer agora. E não apenas com seus olhos, mas com suas mãos também. E, talvez, com seus sonhos. Vê aquele prédio? – a Capitã aponta para um. – Lá, eles fazem o estudo do sono. Talvez seja possível arranjar um jeito de acomodá-la devidamente ali um dia desses. Tenho um ou outro amigo no campus em quem confio. Eles sabiam da Martha. Vão nos ajudar.

Janie olha para tudo ao seu redor. Sente um pequenino surto de esperança. Ela e Cabel haviam planejado ir ali no próximo verão, quando pudessem ser vistos juntos. Agora, Janie não sabe o que pensar. Talvez Cabel voltasse.

E talvez ela o espantasse para longe dela de novo.

Janie não sabe com quantos términos e com quantas voltas ela consegue lidar no relacionamento deles.

– Por que tudo tem de ser tão difícil? – pergunta-se em voz alta. E então fica ruborizada. – Pergunta retórica, desculpe-me, Capitã.

A Capitã sorri.

– O que lhe fez ler aquilo, afinal?

Janie engole em seco.

– Agora que Cabel nem chega perto de mim, achei que não tinha muito mais a perder. Estou tirando uma com a minha própria cara, né?

A Capitã franze os lábios enquanto dirige e murmura algo bem baixinho.

– Certo – diz ela. – E como você se sente com isso aí de ser uma apanhadora de sonhos agora?

Janie pensa.

– Acredito que não tenho outra opção.

A Capitã fica com um olhar curioso no rosto.

– Como sua mãe se encaixa nesse quadro?

– Ela não se encaixa.

– E seu pai...?

– Não existe, até onde eu saiba.

– Entendo – a Capitã faz uma pausa. – Você lamenta ter lido aquilo?

Janie fica em silêncio por um instante.

– Não, senhor.

Elas ficam em silêncio. Então a Capitã aponta para mais alguns prédios do campus da Universidade de Michigan.

– Você quer largar seu trabalho comigo, Janie? Isolar-se?

Janie olha para a Capitã.

– Quer que eu largue?

– É claro que não! Você é brilhante no que faz.

– Gostaria de continuar, se tiver mais missões para mim, senhor.

A Capitã sorri e então fica séria de novo.

– Você acha que ainda consegue trabalhar com Cabel, mesmo se não voltarem a ter um relacionamento romântico?

Janie suspira.

– Se ele conseguir lidar com isso sem ser um babaca, eu consigo – e então a voz dela fica presa na garganta. – Eu só... – ela balança a cabeça e recompõe-se, querendo não chorar.

A Capitã lança um olhar penetrante que atravessa o para-brisa. Morde o lábio.

– Juro por Deus que vou arrebentar aquele moleque – ela murmura. – Escuta, Janie. Cabel não tem muita coisa... tem uma mãe que o abandonou, um pai que quase o matou... E, agora, quando ele está com você, deseja desesperadamente mantê-la a salvo, dentro de um casulo, o tempo todo. Mas ele sabe que não pode. Ele tem de aprender a lidar com isso.

Janie entende isso.

– Mas Capitã, ele mal conseguia suportar a ideia de encostar em mim depois do lance do Durbin – ela desata a chorar. – É como se ele estivesse morrendo de desgosto por eles terem encostado as mãos em mim ou algo do gênero...

Ela procura um lenço de papel entre os bancos do carro.

– Jesus Cristo! – diz a Capitã. – Janie, me escuta. Você já é uma boa detetive. Sabe que, em sua linha de trabalho, temos palpites e procuramos as respostas. Você faz isso tão bem em seu trabalho, por que não segue a mesma linha de lógica na sua vida pessoal? Você vai precisar falar com o Cabel, se quiser as respostas. Especulação eterna apenas leva a becos sem saída.

Janie fecha os olhos. Descansa a cabeça no apoio do banco.

– Sinto muito, Capitã. Você está certa. Juro que não vou deixar que essa bagunça afete meu trabalho. Trabalhar para você é a melhor coisa da minha vida. Sinto que realmente posso fazer diferença, sabe?

A Capitã dá um apertãozinho de leve no braço de Janie.

– Eu sei, garota. E tenho grandes planos para você, se estiver dentro.

– Capitã?

– Sim.

– Como vou chegar a algum lugar se não devo dirigir?

A Capitã suspira.

– Não achei uma solução para isso ainda.

– Você sabia que a senhorita Stubin sofreu um acidente de carro por causa de um sonho? Ela matou três pessoas inocentes.

A Capitã diminui a velocidade do carro e dá uma olhada de relance para Janie.

– Eu soube, pela investigação que fizemos do passado dela, que esteve envolvida em um terrível acidente de carro uma vez. Não sabia que tinha acontecido por causa de um sonho – a Capitã faz uma pausa. – Martha tinha 16 anos quando isso aconteceu.

Janie fica sentada, perplexa, em silêncio.

A Capitã continua.

– Ela foi condenada por homicídio culposo por causa do acidente, Janie. Perdeu a licença e cumpriu três anos em uma instituição correcional para mulheres. Teria sido muito mais, se ela não fosse menor de idade na época. Isso é coisa séria.

O estômago de Janie vira do avesso.

– Quase atropelei algumas crianças ontem – ela diz, suavemente. – Alguma criança dentro do ônibus escolar estava sonhando.

A Capitã balança sua cabeça, resoluta.

– Bem. Isso já deixa as coisas claras. Se eu pegar você dirigindo de novo, Janie, vou multá-la eu mesma, juro por Deus! Enquanto isso, se precisar ir a algum lugar, levo você de carro ou envio alguém com um carro para levá-la. Não quero ver você desperdiçando sonhos em algum maldito ônibus da cidade.

Janie sente como se acabasse de ter sido colocada em uma jaula.

– E a escola? – ela pergunta. – Vou ter que pegar o ônibus escolar. O que vou dizer para as pessoas? Cabel vai sacar isso. Isso é uma tremenda merda.

A Capitã olha para ela com dureza.

– Você sabe o que é merda? Matar três pessoas inocentes. Acha que sua vida é ruim agora, tente conviver com isso! – a voz dela está marcada por um tom de crítica.

Janie fica quieta.

Elas voltam para a Fieldridge.

Quando o celular da Capitã toca, ela dá uma espiada nele e atende.

– Komisky – faz uma pausa. – Sim, estou com ela – outra pausa. – Sim, está tudo bem com ela.

Ela acena com a cabeça, olha de lado para Janie com um sorriso melancólico e desliga o telefone.

– Tuuudo bem – repete a Capitã, com os lábios pressionados, formando uma fina linha.

12h36

A Capitã deixa Janie em casa e abraça-a rapidamente.

– Você me liga se precisar conversar mais sobre tudo isso – ela diz.

– Obrigada, Capitã.

– E a decisão é você que tem de tomar, o que quer falar para o Cabel, se é que vai falar. Tenha certeza de que não cabe a mim contar a ele, a menos que isso afete diretamente o trabalho de vocês como parceiros e, mesmo assim, pedirei a você para fazê-lo. Em relação a você não dirigir, acho que Cabel vai aceitar isso muito bem. Ele preocupa-se bastante com isso. Pode me culpar por essa.

Janie despede-se da Capitã com um leve aceno de mão, enquanto ela vai embora com o carro. Olha triste para Ethel, quieta e solitária na garagem. Vira-se e entra em casa.

Incerta sobre o que fazer agora.

Entra no quarto. O caderno verde reluz de forma ameaçadora na cama, onde ela o deixou.

Cuidadosamente, Janie fecha-o e coloca a caixa no armário.

Cai na cama e fica deitada lá, com o olhar pregado no teto.

14h23

O friozinho e o vento úmido sopram rápido no purgatório da rua Center da senhorita Stubin.

– Agora você sabe tanto quanto eu, Janie.

Janie fica sentada em silêncio ao lado da senhorita Stubin. Lágrimas escorrem lentamente dos olhos cegos da velha senhora.

Não há palavras a serem ditas. Apenas um entendimento, uma resolução, uma pequena força que passa e aumenta entre elas. E uma libertação. O trabalho da senhorita Stubin está feito.

Esta é a despedida.

Vagarosamente, a senhorita Stubin aperta com suavidade a mão de Janie com seus dedos retorcidos.

– Devo ir ver meu soldado agora.

E então ela começa a desvanecer.

– Verei a senhora novamente? – pergunta Janie em voz alta, ansiosa.

– Não aqui, Janie.

– Em algum outro lugar, então? – sua voz está marcada pela esperança.

Mas a velha mulher já se foi.

Janie olha ao redor. Morde o lábio. Na frente da loja de armarinhos, caminha a passos leves um homem jovem, vestindo uniforme, e uma mulher de olhos brilhantes que se vira para dar uma olhada por cima do ombro. Ela sopra um beijo para Janie enquanto eles viram a esquina, na alameda, e desaparecem de vista.

Janie continua sentada no banco frio e úmido do parque.

Sozinha.

31 de março de 2006, 14h25

Cabel sonha com camadas e mais camadas de roupa em seu corpo. Janie se arranca desse sonho. Ela não consegue suportar observá-lo. Sabe o significado do sonho. Ele está desesperadamente tentando se proteger. Proteger seu coração.

Quando o sinal toca, Cabel acorda assustado. Janie o observa. Ele dá uma olhada de relance para ela, parecendo preocupado. Ela lança um olhar implorativo que atravessa a vasta biblioteca.

Ele abaixa os olhos.

Vira-se.

Vai-se.

6 de abril de 2006, 8h53

É o recesso da primavera. Janie acorda com dez centímetros de neve, tardia para a época, recém-caída no chão. Faz uma promessa solene: um ano desses, irá até a Flórida no recesso da primavera. Mesmo que isso seja sinônimo de cair em sonhos no avião durante todo o caminho até lá. Mesmo que isso signifique passar a semana inteira sozinha, observando enquanto outras pessoas se divertem.

Veste-se e espera pelo carro que a Capitã está mandando. Deixa Ethel brilhante para que a plaquinha de "À Venda" volte a aparecer na janela. Limpa a neve da calçada e começa a tirar o carro da garagem. A neve está pesada e úmida com o tardio sol matinal brilhando sobre ela.

Quando Carrie sai como uma louca da casa dela, que fica ao lado da de Janie, e atravessa correndo o pátio, Janie sorri.

– Hei! – ela diz.

– Janie Hannagan! – diz Carrie. – Como você se atreve a vender a Ethel?! Pobrezinha! O Stu está se sentindo um lixo com isso.

Janie tem uma resposta pronta para essa pergunta.

– Não tenho mais como pagar o seguro e a gasolina, Carrie. Diga a Stu que realmente sinto muito.

Carrie sorri com um olhar travesso. Saca um bolo de dinheiro do bolso do seu casaco.

– Estou vendendo meu carro velho. Ethel me disse que quer ficar pela vizinhança.

Os olhos de Janie acendem-se.

– Tá me tirando?!

– Tirando NADA! – Carrie dá umas risadinhas. – Quanto?

Janie pula na neve.

– Para você? Mil e duzentos contos. É uma barganha!

Carrie saca doze notas de cem dólares e enfia-as na mão de Janie.

– Vendida!

– Ah, meu! Não consigo acreditar que você está comprando a Ethel!

– Stu me emprestou a grana até eu vender o meu carro. Ele está, provavelmente, mais feliz que nós. Agora, tira essa plaquinha da janela da pobrezinha antes que ela fique complexada! Tenho de ligar para o Stu e dizer que fechei o negócio com você. Vamos ver o lance da papelada depois, tá legal? – Carrie volta galopando até sua casa, sem nem esperar uma resposta, enquanto Janie, sorrindo, remove a plaquinha de venda da janela de Ethel e limpa com carinho o capô cheio de neve.

É o detetive Jason Baker quem a pega em casa, com sua van de mãe que gosta de futebol e talvez leve dentro dela um time inteiro.

– Hei, sonhadora – diz ele, com um sorriso. – Eu vi o que você fez com aqueles canalhas no deque da casa do Durbin. Me lembra de não me meter com você, hein.

– Gostaria de me lembrar – diz Janie.

Ela gosta tanto do Baker quanto do Cobb.

– Ainda não tem lembranças de nada daquilo, ahn? É, é assim que funcionam essas drogas usadas no "Boa-noite, Cinderela". É também um dos motivos pelos quais muitos estupros passam despercebidos ou não são relatados. A perda de memória permite que doentes nojentos, como o Durbin e a corja dele, se livrem dessas merdas. Você realmente salvou o dia, Janie.

Janie fica corada e olha para suas mãos. Ela não se sente uma grande heroína.

Dentro da delegacia, Janie bate na porta do escritório da Capitã.

– Entre! – grita a Capitã, como sempre.

Janie sorri e entra.

Para de repente.

Cabel também está lá.

O sorriso dele é formal e artificial, enquanto Janie se recompõe e senta ao lado dele.

A Capitã vai direto ao trabalho, imediatamente.

– Stacey O'Grady vai voltar para Fieldridge High, afinal. Os pais dela estão satisfeitos após todos os perpetradores do crime terem sido presos. Stacey realmente quer deixar tudo para trás e voltar para se formar, junto com seus colegas de classe.

Tanto Janie quanto Cabel concordam com as cabeças. Janie está feliz em ouvir isso.

– Há vários processos encaminhados por diversos pais furiosos; e não os culpo. Mas receio que, provavelmente, precisaremos de você como testemunha, Janie. As audiências estão marcadas para junho. Você se encontrará antes com o promotor de justiça, para repassar seu testemunho. Pode vir a ser difícil. Então, esteja preparada para algumas perguntas horríveis que serão feitas pelos advogados de defesa. Você terá de fazer isso enquanto Durbin, Wang e Crater estiverem lá sentados, olhando fixamente para você, de cima a baixo. Entende?

Janie pressiona os lábios, unindo-os de modo que parem de tremer.

– Sim, senhor.

– Essa é minha garota! Faremos tudo dentro da lei para manter sua habilidade como apanhadora de sonhos em segredo. No entanto, é provável que acabe sendo dito que você estava naquela festa em uma missão, trabalhando infiltrada para mim. Precisamos de sua história e de suas folhas de teste da droga como evidências. Se os perpetradores forem estúpidos a ponto de se declararem culpados assim que virem a pilha de evidências que temos, vamos a julgamento e seu trabalho infiltrado em Fieldridge provavelmente será desmascarado. Mas você precisa dizer a verdade se lhe perguntarem, e nós vamos lidar com isso.

Janie arregala os olhos.

– Então, ahm, se meu disfarce for revelado... eu vou... você vai...

A Capitã sorri.

– Você ainda tem um emprego. Nem se preocupe. Martha também já esteve em situações como esta algumas vezes, mas o segredo dela nunca foi revelado na corte. Os advogados de defesa não têm conhecimento da existência dos apanhadores de sonhos; eles nunca pensariam em fazer as perguntas certas. Então, não vamos nos preocupar com isso agora, certo? Quero que você tire um tempo para você, para relaxar e voltar a ter uma aparência jovem até o fim das aulas.

A Capitã gira em sua cadeira e continua, em um fluxo de palavras constante.

– E, Cabe, tenho umas missõezinhas para você, começando na segunda-feira depois das aulas. Está claro? – ela olha para ambos.

– Sim, senhor – dizem Janie e Cabel, em uníssono.

– Vocês dois vão conseguir trabalhar juntos no futuro, ou tenho de reconfigurar meus planos? – pergunta a Capitã, assim, na lata.

Janie olha para Cabel. Cabel olha para seus sapatos.

– Sim, senhor – diz Janie, por fim. Imaginando se Cabel se atreverá a responder.

– É claro – diz Cabel.

Ele não olha para Janie.

A Capitã concorda com a cabeça e fica mexendo nos papéis em sua mesa.

– Bom. Janie, veja se o Cobb ou o Baker ou o Rabinowitz estão por aí para te dar uma carona até em casa. Converso com você em breve.

– Sim, senhor.

Janie levanta-se, com o rosto ardendo. Sentindo como se fosse um bebê na frente de Cabel. Sai voando porta afora, deixando Cabel e a Capitã ali parados, em pé, e decide andar até sua casa, em vez de implorar por uma carona.

Ela não chega muito longe, antes de o carro de Cabel passar voando ao seu lado, jogando neve para os lados.

Ele desacelera.

Para.

Dá ré.

Janie dá uma espiada nos arbustos, desejando encontrar um lugar para se esconder.

Cabel abaixa o vidro da janela do lado do passageiro e olha para Janie. Ele sorri melancolicamente. Morde o lábio.

– Quer uma carona, Hannagan?

Janie concorda com a cabeça, com frieza, e entra no carro. Sabe que terão de conversar em algum momento se forem trabalhar juntos.

– Posso ir andando da sua casa, para não criar muito problema para você – ela diz, civilizadamente.

Eles seguem em silêncio por todo o caminho.

Cabel estaciona na garagem da casa dele.

Eles saem do carro.

Ficam olhando fixamente um para o outro, durante um minuto, até que Janie desvia o olhar com as emoções ficando à flor da pele. Ela está com raiva. Ainda não entende por que ele terminou tão de repente. Tem a sensação de que foi porque os professores tocaram nela. Deseja saber a verdade, mas não quer ficar mal de novo.

– Obrigada pela carona – diz ela, por fim.

Já que ele não fala, não se move, ela se vira lentamente e começa a caminhar até sua casa.

CLARÕES

– Espera – diz Cabel.

Janie já estava esperando. Esperando por respostas. Esperando que ele admita que não consegue encostar nela porque ela foi tocada por aqueles pervertidos. Janie não quer mais esperar. Ela caminha mais rápido.

Ele hesita e depois corre atrás dela. Para no meio da rua.

– Entra comigo – diz Cabel, que parece cansado. – Por favor. Precisamos conversar.

Os olhos de Janie relampejam, mas ela o segue até dentro da casa. Talvez ao menos consiga algumas respostas.

Janie senta-se na pontinha da cadeira da sala de estar da casa dele, ainda de casaco. Respira fundo e decide terminar isso de uma vez por todas.

– Você tem três minutos para me dizer que não é porque aqueles canalhas me tocaram.

Cabel se vira.

– O quê?

Janie olha para seu relógio.

Cabel começa a andar de um lado para o outro.

– Consigo aguentar você andando de um lado para o outro – diz Janie, depois de um minuto. – Consigo aguentar que você tenha alguns problemas com os quais precise lidar. Consigo até mesmo aguentar você dizer que não me ama. Tipo, achei que essa maldição estranha dos sonhos provavelmente me impediria de ter algum relacionamento na vida, então, imagino que tenho sorte de ter sentido o gostinho enquanto durou. Mas, quando você decide de repente que não consegue encostar mais em mim, imediatamente depois de um bando de babacas tentarem me estuprar, bem... eu só preciso saber se você é realmente tão horrendo assim. Se for, será uma merda, porém será muito mais fácil para eu cair fora daqui – ela olha para o relógio: – Um minuto e vinte e quatro segundos.

Ele olha fixo para ela. Com o rosto altamente marcado pela emoção. Caminha até Janie, ajoelha-se na frente dela. Suas mãos tremem quando ele toca no rosto dela.

Ela o observa solenemente. Dá a ele uma chance.

– Janie – diz, finalmente. – É assim que serão as coisas com você?

Os olhos dela relampejam com raiva, enquanto ela olha meio de lado para o relógio. – O quê? Para de mudar de assunto. Você tem um minuto para dizer que não é porque encostaram em mim. É isso!? É realmente isso, Cabe? Puseram as mãos em mim, e você não consegue suportar o fato de pensar em ficar comigo de novo?

– Ah, meu Deus! Você está falando sério?

O tom de voz de Janie fica mais alto.

– Trinta segundos.

– Você acreditaria mesmo em mim se eu falasse isso?

Ele está respirando com dificuldade. Levanta-se abruptamente e vira de costas para ela. Passa os dedos pelo cabelo.

– Quinze segundos.

A voz de Janie tem um tom regular agora. Ela se levanta para ir embora.

Ele dá um rodopio e agarra o braço dela. Puxa-a em sua direção. Beija-a intensamente, mergulhando os dedos nos cabelos dela. Arremessa sua língua na boca de Janie, encontrando-se com a dela, sentindo seu sabor, um oásis no deserto. Seu corpo pressionando o dela com urgência, enquanto suas mãos fazem carinho no pescoço.

Janie fica em pé, parada, paralisada por um momento, então ela solta um gemido suave e vai ao encontro dele. Cabel tira o casaco dos ombros dela, e ele cai no chão. Cabel a levanta, abraçando-a, até que ela envolve as pernas em volta da cintura dele. Os lábios dele se movem até o pescoço de Janie e param nos botões da blusa dela.

– Seu tempo acabou – ela diz, ofegante.

Ele tira os lábios da pele dela. Passa rapidamente as mãos por todo o corpo dela. Um botão cai no chão, ricocheteia e rola até debaixo da cadeira. Ele caminha, ainda grudado nela, até o sofá, e senta-se com ela em seu colo.

– Janie. Ah, meu Deus, não posso fazer isso – ele sussurra e abraça-a com força. Aperta-a. Simplesmente do jeito que ela adora. – Janie – ele diz de novo –, eu sou tão lesado. Um idiota. Sinto muito. Não. Quero dizer, minha resposta é não, não é porque encostaram em você. Você é muito... eu não sei. Você é perigosa! Eu não conseguia lidar com isso. Não conseguia lidar com o fato de amar você.

– Que diabos isso quer dizer? Você não via problema em estar apaixonado antes? O que houve?

O olhar dele mostra o quanto ele está sofrendo.

– E se eu amar você, dar a você tudo o que há dentro de mim, abrir meu coração e algo horrível acontecer? E se você *realmente* fosse estuprada? Isso mudaria tanto você, Janie. Mudaria você para sempre. E se for sugada para um sonho de novo enquanto estiver dirigindo? Já pensou nas consequências? Para você? Para os outros? Para *mim,* pelo amor de Deus. Janie, meu pai... ele botou fogo em mim. Botou... Fogo! Naquele instante, tudo mudou. Eu me tornei uma pessoa diferente. Merdas como essas mudam a gente. Isso me deixou com cicatrizes, fodeu minha vida – dizia ele. – Muda de muitas maneiras.

Cabel passa os dedos pelas cicatrizes por fora da camiseta enquanto fala.

– Não deixei ninguém entrar na minha vida desde então, exceto você. É difícil, Janie. Parece impossível. E então, você sai por aí, descuidada e tal... – ele faz uma pausa para respirar. – Eu precisava de segurança, mas me apaixonei por você. Agora estou sofrendo para caramba para lidar com o mero pensamento de que algo poderia ter acontecido com você. Que pudesse mudá-la também. E eu a perderia.

Janie, de queixo caído, pestaneja.

– Você tem um jeito realmente engraçado de demonstrar isso.

– Eu sei... Eu... eu sou lesadíssimo! Achei que seria mais fácil assim, sabe? Dar um tempo. Só que... não é... – ele luta para conseguir achar as palavras. – Isso é intenso, Janie. Me assusta como se fosse o fogo do inferno ardendo na minha pele! Eu queria que você fosse minha coisinha em segurança. Sem riscos sérios, só algumas coisas simples desse lance de sonho para a Capitã... nada como isso pelo que você passou com o Durbin! Tipo, quem diabos imaginaria que aquela seria sua próxima missão? Deus, só de pensar no que vem em seguida...

– Então, você terminou comigo porque não conseguiria lidar comigo se eu mudasse, ou fosse ferida, magoada, ou deixasse você. É isso que você está dizendo? Mas todo mundo não sofre esse risco? Você ainda me ama ou não?

O lábio de Janie está trêmulo. Ela pensa em todas as mudanças que vão acontecer com ela nos anos vindouros, e sente Cabel afastando-se dela novamente.

– Estou dizendo que amo você e estou aprendendo... Eu quero aprender a lidar com isso. Tudo o que sei é que eu achava que dar um tempo ia ajudar, mas tudo o que isso está fazendo é me deixar perturbado para caramba!

Cabel faz uma pausa. Esboça um sorriso fraco.

– Então, ahm, pode simplesmente não fazer nenhuma coisa perigosa? A vida já não é ruim o suficiente quando você não consegue controlar o que os pesadelos lhe causam? Realmente tem de se arriscar mais?

Janie sorri com melancolia. Envolve os braços em volta do pescoço de Cabe e descansa a cabeça no ombro dele. Pensando.

– E se eu realmente me machucar? Ou se algo... acontecer comigo. Você vai deixar de me amar? – ela pergunta, baixinho.

– Como eu poderia? – Cabel faz carinho nos cabelos dela. – Mas eu tenho de aprender a lidar com os sentimentos que acompanham isso. Só não estou acostumado a me importar com alguma coisa, ou com alguém, que doa tanto assim. Não dessa forma.

Janie fica em silêncio, pensativa.

– Você sabia que você foi a primeira pessoa para quem eu me lembro de ter dito "eu te amo"? Nem me lembro de ter dito isso para minha mãe. O que é realmente triste.

– Eu não sabia – diz ele. Cabel deixa sua cabeça cair para trás no sofá e inspira profundamente. Expira. – Você ainda me ama, Janie?

Janie fica com o olhar fixo nele, incrédula.

– Sim, é claro. Eu não digo isso levianamente.

– Diga isso levianamente no meu ouvido – ele exige.

Ela sorri, descansa sua bochecha macia na bochecha áspera dele e sussurra:

– Eu amo você, Cabe.

Eles ficam sentados, abraçando-se. E então, Cabel pergunta a ela:

– Verdade ou desafio?

Janie pestaneja.

– Realmente tenho opção aqui?

– Não, diz Cabel.

– Certo, hum... – ela inspira profundamente. – O que está acontecendo com você, Janie? Eu só... eu só preciso saber. Por favor.

Ele muda Janie de posição para poder olhar nos olhos dela.

Estão cheios de lágrimas.

Ele ajeita os óculos e inspira profundamente.

– Me conta – diz ele.

Janie morde o lábio.

– Nada, Cabe. Estou bem.

Ela não consegue olhar para ele.

Cabel passa os dedos pelos cabelos.

– É só... só dizer. Põe para fora, para que a gente possa lidar com isso. Você vai ficar cega por causa de todos esses sonhos, não é?

Janie pestaneja. Seus lábios se separam, de tão surpresa que está.

Ele encosta na bochecha dela, acariciando-a com o polegar.

– O quê?... Como...? – ela começa.

– Você aperta os olhos para ver, até mesmo com os óculos. Tem dores de cabeça o tempo todo. A luz forte a incomoda. Demora mais para você recuperar a visão a cada sonho... – ele faz uma pausa, ansioso. – E então, no hospital, quando não foi sugada para o sonho de ninguém, mas estava em seu próprio pesadelo, não conseguia ver quando acordou. Aquela foi a primeira vez, nesse caso, não?

Ela afunda novamente no ombro dele. Não se lembra daquele sonho no hospital. Também não quer mais chorar.

– Maldição! – ela diz. – Você é um bom detetive.

– Em quanto tempo? – ele sussurra.

Ela pressiona os lábios contra a bochecha dele e então suspira.

– Alguns anos.

Ele inspira bem profundamente e aos poucos expira.

– Certo. O que mais, Janie?

Ela fecha os olhos, resignada.

– Minhas mãos – ela diz – ficarão tortas, curvadas e feias, inúteis dentro de quinze anos.

Ele espera, fazendo carinho nas costas dela.

– Algo mais? – a ansiedade transparece em sua voz.

– Não, na verdade, não... – ela murmura. – Apenas... não posso mais dirigir. Nunca mais – ela perde sua luta contra as lágrimas. – Pobre Ethel, ao menos ela tem um bom lar agora.

Ele abraça-a, acariciando os cabelos dela.

– Janie – ele diz depois de um tempinho –, quantos anos tinha a senhorita Stubin quando morreu?

– Setenta e poucos.

Ele suspira.

– Ah. Graças a Deus!

– Você consegue lidar com isso, Cabel? Porque se não conseguir... – ela engasga. – Se não conseguir, me fale agora.

Ele olha Janie nos olhos.

Encosta em sua bochecha.

16h22

Cabel liga para a Capitã.

– Komisky.

– Senhor, é possível que eu e Janie possamos ser vistos juntos agora?

– Sob as atuais circunstâncias, eu realmente ganharia o maldito dia com isso. Além disso, o caso da cocaína do Wilder foi encerrado na segunda. Ele foi considerado culpado.

– Você é o máximo, senhor!
– Sim, sim. Vão ver um filme ou algo do tipo, tá?
– Imediatamente! Obrigado.
– E parem de me encher!
– Até logo, senhor.
– Se cuidem. Ambos!
Cabel sorri e desliga o telefone.
– Adivinha?
– O quê? – pergunta Janie.
– Podemos sair para o nosso primeiro encontro.
– Uh-hu!
– E adivinha o que mais? Você é quem vai pagar!
– Eu? Por quê?
– Porque você perdeu a aposta.
Janie pensa por um momento. Dá um soco no braço de Cabel.
– Você não se deu mal em cinco testes ou provas!?!
– Fiz isso sim! Tenho como provar.
– Merda!
– É isso aí!

SEM OLHAR PARA TRÁS

24 de maio de 2006, 19h06

Janie caminha a passos largos, entrando no auditório da Fieldridge High School, onde centenas de pais, avós, irmãos e irmãs estão sentados em arquibancadas, cadeiras dobráveis e assentos nas bancadas, balançando como se fossem leques o cronograma do evento próximos a seus pescoços ensopados de suor, devido ao calor de 32 graus, além da umidade. Parece que o ar-condicionado velho do prédio não consegue aguentar a pressão de mais uma cerimônia de formatura.

Ela dá uma espiada ao redor e localiza Cabel várias fileiras atrás dela. Ele sopra um beijo com ar travesso, e ela dá um grande sorriso. A faixa do capelo dela ameaça esmagar seu cérebro e transformá-lo em mingau. E ela sente o suor acumulando-se lá dentro.

Janie olha para o outro lado, examinando o público. Alguns rostos familiares. Os pais de Carrie estão sentados na lateral das arquibancadas de madeira, e Janie lança um sorrisinho a eles, mesmo que não estejam olhando para ela.

Até mesmo com seus novos óculos, com mais grau, fica difícil ver à distância. As cores vão desvanecendo de um vestido para o outro. Mas, por fim, Janie a localiza. O que ajuda é seu cabelo cor de bronze em contraste com a pele escura. Sentado ao lado da Capitã, está um grande homem que parece o Denzel Washington, só que uns vinte anos mais velho. O braço dele está jogado preguiçosamente pelas costas da cadeira da Capitã. Janie consegue ver a Capitã cutucar seu marido e apontar. Janie força a vista para enxergá-lo melhor e sorri, e então abaixa o olhar. Não sabe ao certo o porquê.

A pessoa que fará o papel de orador assume seu lugar no palco, e a multidão fica em silêncio, deixando apenas o som dos cronogramas sendo usados como leques.

Não é Cabel.

Ainda bem.

Ele conseguiu baixar suas notas, com sucesso, até chegar a um mero 3,93. Terceiro lugar. O suficiente para mantê-lo fora dos holofotes. Que é tudo o que ele deseja, na verdade. Janie não ficou muito atrás, com 3,85. Está elétrica.

Há três cadeiras de docentes vazias no auditório este ano. Mestre, Feliz e Loide. Suspensos sem direito a pagamento. Esperando pela audiência. Janie sente uma dor aguda de tristeza por aquelas cadeiras vazias.

Não pelos homens que estariam lá sentados.

Só para deixar isso claro.

Mesmo assim.

Elas são os lembretes da dor e da vergonha, do horror embrulhado na forma de uma caixinha de presente. Janie está feliz por essa caixa ter explodido.

Lá, ao microfone, Stacey O'Grady começa a falar. Ela tem um ar diferente agora. Novo, nos últimos meses. Reservada. Solene. Uma maturidade, talvez, ou um senso de discernimento de que nem todas as coisas acabam acontecendo como desejaríamos que acontecessem.

A mãe de Janie não está lá.

Nem a de Cabel, mas ninguém esperava por ela. Embora o irmão mais velho de Cabel, Charlie, e sua esposa, Megan, estejam em algum lugar em meio à multidão.

Expectativas. É sobre o que eles sempre falam nestas ocasiões. Fazer diferença no futuro. Lutar com todas as garras pela excelência. Blá-blá-blá.

Janie enxuga uma gota de suor de sua testa. Olha em volta enquanto Stacey diz, do pódio:

– Os melhores anos ainda estão por vir.

E Janie observa a explosão de aplausos no salão.

Janie não se junta a eles.

As palavras fatídicas ressoam em seus ouvidos.

A multidão de alunos do último ano levanta-se e, um por um, no decorrer de uma hora, tem seus nomes chamados. Janie caminha com passos cuidadosos até chegar ao palco, rezando para que o bebezinho que está dormindo ali perto não sonhe, e pega seu diploma. Troca um aperto de mãos com Abernethy. Coloca sua franja para o outro lado. Desce pela escadaria do palco com passos leves e volta à sua cadeira dobrável para esperar.

Quando o palco fica silencioso e o diretor Abernethy profere sua última palavra de parabéns, os capelos voam e o som das vozes ao redor aumenta, enchendo o auditório. Janie tira seu capelo e coloca-o debaixo do braço, aguardando. Esperando acabar. Para que ela possa dizer adeus a este lugar, de uma vez por todas.

Quando o local barulhento, que mais parece um hospício, fica quase vazio, ela ainda está lá, parada, em pé. Apenas poucas pessoas permanecem no prédio, que agora parece uma floresta tropical depois de uma chuvarada. Ela caminha lentamente pelo local, na direção das escadas da saída, onde encontrará Cabel e quem quer que seja a pessoa com quem ele esteja tagarelando. Mas, por este momento, está sozinha.

O zelador chega com uma vassoura e sorri para ela. Janie dá um aceno com a cabeça e lhe retribui o sorriso. Ele começa a varrer o piso de madeira das passagens, um local que, com frequência, é usado como quadra de basquete. E então as luzes diminuem um pouquinho.

Janie pisca e se apoia na parede, só por prevenção.

Mas não é o sonho de ninguém.

É apenas o fim de algumas coisas.

E o início de outras.

Som de estática e cores chocantemente brilhantes. Novamente, Janie quase cai de joelhos, mas dessa vez está muito mais preparada. Caminha às cegas na direção da cama, e Cabel ajuda-a se mover pelo chão com segurança enquanto sua cabeça lateja com o barulho. Está mais intenso do que nunca.

Quando Janie acha que seus tímpanos vão estourar, a estática diminui e a cena muda para uma luz tremeluzente e uma mulher no escuro. É a mesma mulher do dia anterior, Janie tem certeza disso, embora não consiga ver nenhum traço que a distinga. E então, Janie vê que o homem está lá também. Está nas sombras, sentado em uma cadeira, observando a mulher. Henry vira-se, olha para Janie e pisca. Arregala os olhos e endireita-se em sua cadeira. – Ajude-me – ele implora.

E então, como uma tira de filme que se arrebenta, a imagem é cortada e a estática retorna, mais alta do que nunca, um grito constante em seus ouvidos. Janie trava uma luta, com a cabeça latejando. Tenta arrancar-se do sonho, mas não consegue concentrar-se... a estática está bagunçando sua capacidade de concentração.

Ela está se debatendo no chão agora. Tensa.

Acha que Cabel está ali, segurando-a, mas não consegue sentir nada.

As cores brilhantes dão com tudo nos olhos dela, atingem seu cérebro, seu corpo. A estática é como se fossem puncturas em cada poro de sua pele.

Ela está presa.

Presa no pesadelo de um homem que não consegue acordar.

Janie trava uma nova luta consigo, sentindo como se estivesse sufocando. Sentindo como se não fosse conseguir sair dessa confusão, ia acabar morrendo ali. – Cabe! – ela grita. – Me tira daqui!

Mas é claro que ele não pode ouvi-la.